AF603835

Du même auteur

Toccata, Op der Lay, *2007*

De Profundis, Op der Lay, *2009*

In Articulo Mortis, Guy Binsfeld, *2011*

Les corbeaux de Greenwood, Guy Binsfeld, *2012*

Luxembourg Zone rouge, Op der Lay, *2019*

Victor, pierre-decock.com, *2020*

Le réseau Raspoutine, pierre-decock.com, *2020*

Lea m'attendra, Crime.lu, *2023*

LE MOINE À LA BOUCLE D'OREILLE

PIERRE DECOCK

ISBN 978-2-9199684-4-2

Éditions Crime.lu
Baobab Luxembourg sàrl.
9, rue Nic Wirtgen
L-8338 Olm
www.crime.lu
www.pierre-decock.com

Malgré le réalisme de ce récit, ce que vous allez lire est une œuvre de fiction. Toute ressemblance avec des personnes existantes ou ayant existé serait totalement fortuite. Libre à vous d'imaginer le contraire.

PROLOGUE

Blummenhaff, deux fermes et une dizaine de maisons aux murs jaunes. Sous le soleil, ce hameau était peut-être joli. Aujourd'hui, un ciel gris et une pluie fine lui donnaient un air sinistre. Et puis, il y avait cette brume laiteuse qui s'accrochait aux prés et à l'orée des bois environnants, donnant au paysage endormi une allure fantomatique.

Les essuie-glaces de l'Audi A5 étalaient un petit crachin sur le pare-brise. Pas un chat en vue ; le village semblait avoir été déserté par ses habitants.

Le GPS indiqua de sa voix neutre un chemin sur la droite. Interdit à la circulation en cas de gel, un vieux macadam craquelé, cerné par des champs humides. Au loin, on devinait des bois dominés par quelques éoliennes aux pales immobiles.

À bord de l'Audi, deux officiers de la police judiciaire luxembourgeoise. Celui qui tenait le volant était un grand blond aux larges épaules, yeux bleus, mâchoire carrée, cheveux coupés en brosse. À ses côtés, un jeune homme brun aux sourcils épais et au sourire un peu triste.

Mike Wagner et Joao Da Costa.

– Qu'est-ce qu'on fout là ?
– Je te le demande...
La journée n'avait pourtant pas si mal commencé.

MERCREDI

I.

En effet, la journée de mercredi se présentait plutôt bien.

Grasse matinée. Ayant travaillé le week-end précédent, Joao Da Costa avait pas mal d'heures à récupérer.

Pour le reste, le planning de ce jeudi, le jeune homme l'avait déjà en tête.

Le matin, supermarché pour les courses de la semaine. Le frigo est vide. Ce midi, pizza et un verre de vin. Ça ne me fera pas de mal. Après-midi, retour au bureau et réunion de service. Rien à signaler en ce qui nous concerne.

Ce meeting, Mike Wagner et lui s'y rendraient donc les mains dans les poches. Et à 17 heures, pour une fois, ils quitteraient la PJ à une heure décente.

Évidemment, les choses ne se passent jamais comme on les a prévues.

Arrivé en début d'après-midi rue de Bitbourg, le jeune inspecteur rencontra son collègue Wagner dans l'escalier et c'est là que les soucis commencèrent.

– Araujo veut te voir. Le commissaire a quelque chose pour nous. On va repartir en balade.

Il fit une grimace.

– Vol ? Meurtre ? Enlèvement ?

– On n'en sait rien, un truc bizarre. Vas-y. Je récupère les clés de l'Audi et je t'attends dans le hall.

« Un truc bizarre » ... Depuis un moment, Joao et lui n'écopaient que de trucs bizarres.

Deux filles des stups le croisèrent dans le couloir. La plus jeune était jolie, brune avec des yeux de biche. Joao lui sourit, puis l'oublia alors qu'il poussait la porte du commissaire Manuel Araujo. Araujo était un homme brun et de fort petite taille. Comment il avait passé les tests d'admission sans talonnettes était un mystère. D'un naturel inquiet, le commissaire angoissait à la moindre contrariété, mais il avait le mérite de soutenir Joao Da Costa dans la plupart de ses intuitions. Cela faisait de lui aux yeux du jeune inspecteur un chef tout à fait supportable. Car Da Costa n'hésitait jamais à laisser libre cours à son instinct, quand bien même ses intuitions paraissaient absurdes ou en contradiction complète avec les instructions de sa hiérarchie.

Ce jour-là, contrairement à son habitude, Manuel Araujo était d'humeur enjouée.

– Ah ! Joao ! Assieds-toi. J'ai quelque chose pour toi. Ça va te plaire.

– Quand tu présentes les choses comme ça, en général, ça ne me plaît pas du tout !

Le commissaire fit mine de ne pas avoir entendu cette remarque teintée d'ironie et poursuivit avec un sourire un peu forcé.

– Voilà : à Blummenhaff, un patelin près d'Echternach, là où Creos devait monter une éolienne, on est tombé sur de vieilles ruines, datant, si j'ai bien compris, du Moyen Âge.

– J'ai lu ça quelque part. Mais pour ce genre d'affaires tu devras plutôt t'adresser au Musée national d'histoire de l'art. Ces vieux machins, c'est pas trop mon créneau.

– Le problème c'est qu'hier au cours de leurs fouilles, des archéologues allemands auraient trouvé un corps.

– Récent ?

– Assez pour que je vous y envoie, Wagner et toi !

– Je vois...

– C'est la Ville d'Echternach qui nous a prévenus. Un type des services techniques vous attend sur place. J'ai également informé la CPS[1]. Efforcez-vous d'arriver avant Brandensted, sinon, comme je le connais, il ne vous laissera plus approcher du site à moins de cent mètres.

– Je l'aime bien, Brandensted, mais qu'est-ce qu'il me gonfle avec ses manies de police scientifique.

– À propos, il faut que je te parle de Pit. Pit Freichel.

– Freichel ? Comme le ministre ?

– Comme le ministre, oui. Il a dix-huit ans et son père nous le confie afin qu'il fasse son stage dans la police. Le gamin rêve d'y entrer plus tard en tant qu'expert.

Da Costa leva les yeux au ciel.

– Encore un qui regarde trop les séries télévisées ! Et expert en quoi, s'il vous plaît ?

– Cybermachin... informatique, quoi.

– On a un département qui est en charge de la cybercriminalité. Qu'il y aille donc !

– Je sais, mais il a demandé à travailler avec toi ; son père a dû lui parler de tes affaires précédentes. Je l'ai

[1] Cellule de la police scientifique luxembourgeoise.

installé dans ton bureau. Trouve-lui des trucs à faire, de quoi l'occuper deux semaines, et on est tranquilles.

– Deux semaines ? C'est pas vrai ! Tu ne crois pas que j'en ai déjà assez à devoir chaperonner ma sœur !

– Oui, mais c'est comme ça, répliqua Araujo agacé. On ne m'a pas laissé le choix ! Et bien le bonjour à ta sœur.

– Je n'y manquerai pas.

Joao sourit. Isabela, sa jeune sœur, était... comment dire... non-conformiste. Mais il y était fort attaché. Elle était tout ce qu'il ne pouvait pas se permettre d'afficher dans son travail. Excentrique, sentimentale et fantaisiste. Il s'en plaignait, mais en réalité, elle était le souffle d'air frais qui lui faisait défaut dans sa vie de flic.

II.

Quand Da Costa pénétra dans son bureau, il y trouva un gamin qui attendait sagement assis sur sa chaise à roulettes. Dix-huit ans, avait dit Araujo. À cet ado boutonneux, on en donnait quinze tout au plus. Il se leva en voyant l'inspecteur entrer. Il avait pris la peine de mettre une veste et une chemise blanche.

Au moins, il n'est pas déguisé en geek, avec tee-shirt débile et tatouages.

– Da Costa. *Gudde Moien.*

– *Gudde moien.* Je suis Pit, monsieur.

– Pit Freichel. Je sais. Si tu promets de me laisser travailler, tu peux m'appeler Joao.

Le gamin s'assit à nouveau et se tortilla les mains. Joao l'observa comme il l'aurait fait d'un suspect.

C'est un petit nerveux. Pas très sûr de lui, mais qui veut faire bonne impression... la chemise, la veste, le bonjour poli.

Se sentant examiné ainsi, l'intéressé était fébrile. Sous la large mèche blonde qui recouvrait son front, ses grands yeux noirs s'agitaient, jetant à Da Costa des regards à la dérobée.

– Je fais quoi, monsieur ?

– Je ne sais pas encore.

L'inspecteur repartait déjà. Il mit la main sur la porte et, faisant mine d'hésiter, il se retourna.

– Ben tiens. On aurait retrouvé un corps à Blummenhaff. Recherche-moi tout ce qu'il peut y avoir d'intéressant sur ce patelin. C'est quelque part près d'Echternach.

Et il le planta là.

Fils de ministre ou pas, rends-toi utile !

Da Costa rejoignit Mike dans le hall. Il avait sa mallette en bandoulière et agitait nerveusement les clés de l'Audi de service.

– C'est qui ce gamin dans notre bureau ?

– Pit Freichel. Un stagiaire.

– Freichel ? Comme le ministre.

– Oui, comme le ministre.

Mike prit le volant, comme toujours. Il adorait conduire, pas précisément dans les règles. Le radar tronçon de la nationale 11 avait dû tellement chauffer à cause de lui que la plaque de l'Audi était certainement sur une liste d'exceptions. Wagner était un garçon intelligent, mais tout au contraire de Da Costa, il avait horreur de se poser trop de questions et profitait de la vie sans complexes.

– Le mois prochain, quand nous en aurons fini avec cette affaire, dit Mike, j'irai en France pêcher la truite.

– Le temps est dégueulasse.

– C'est l'idéal ! D'ailleurs, tu devrais m'accompagner, ça te ferait du bien.

– Du bien pour quoi ?

– Je te trouve d'humeur maussade, ces temps-ci.

– Je vais très bien, merci.

Wagner haussa les épaules.

– Si tu le dis !

Inutile d'insister. Il connaissait Da Costa et son côté ténébreux. S'il avait des soucis, il se confierait assez tôt.

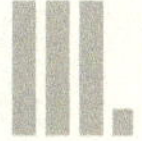

Le village paraissait abandonné. L'Audi A5 s'avança sur le mauvais chemin goudronné qui conduisait vers la forêt.

– Nous y sommes. Du moins cela devrait être le cas. Il me semble qu'il y a du monde, là-bas, sur le plateau.

Mike se rangea sur le côté et la roue droite s'enfonça dans l'accotement boueux. Joao descendit de voiture et se retrouva les deux pieds dans la gadoue.

– *Foda-se* ! On est où ici ?

– La campagne profonde ! Il faut t'y faire.

Ils remarquèrent alors une vieille dame qui, accrochée à sa canne, les observait avec suspicion. Elle les apostropha vivement :

– *Do dierft Dir net parken!* [1]

Mike claqua la portière.

– Police, madame !

La petite vieille ne devait pas peser plus de cinquante kilos, et pourtant elle ne se démonta pas.

– Police ou pas, vous êtes sur le terrain de Marcel Thill ! J'en ai assez de tous ces gens qui circulent partout comme s'ils étaient chez eux ! Si je n'étais pas là pour mettre un peu d'ordre, où en serait-on ?

– Et vous êtes madame… ?

Elle releva le menton. Ses petits yeux méchants lançaient des éclairs.

– Irma Thill !

[1] Vous ne pouvez pas vous garer ici.

– Eh bien, madame Thill, intervint Joao, ne vous inquiétez pas. Dès que nous aurons terminé, nous libérerons ce terrain que vous avez l'obligeance de surveiller !

Da Costa tira son collègue par la manche.

– Et toi, laisse tomber. On a du boulot.

IV.

Il n'était pas utile de flécher le parcours. Plus loin sur ce chemin boueux, au bord d'un champ, il y avait une tente blanche et tout un groupe qui s'agitait.

Un peu en retrait, un type contemplait le spectacle d'un air affligé. Le froid lui avait rosi le visage.

– Enfin ! Vous voilà ! Je suis Faber, des services techniques de la ville.

– C'est vous qui nous avez appelés ?

– Oui. Et ça m'emmerde. Tout ça va me bousiller mon planning.

– Que se passe-t-il exactement ?

– On avait commencé à creuser les fondations de l'éolienne. Puis, on est tombé là-dessus. Un truc du Moyen Âge. La bourgmestre est aux anges, mais pas moi... Regardez-moi ce bordel !

Mike et Joao ne distinguaient rien d'autre que des tranchées peu profondes dont les parois semblaient tracées au cordeau, puis, de temps à autre, des fosses plus larges protégées par des bâches en plastique.

Une pelleteuse à la gueule boueuse se morfondait sur la terre argileuse à quelques mètres des excavations.

– Le pompon, grogna Faber, c'est ce cadavre qu'on a découvert hier. C'est à cause de ça qu'on vous a appelés. Vous feriez mieux d'aller voir l'archéologue qui est là-bas sur le chantier, elle vous montrera.

Quand ils s'approchèrent, une fille émergea de l'une des tranchées. Son pantalon kaki était maculé de terre, de même que son polo blanc. Et pourtant cette jeune femme était diablement mignonne. Un petit nez mutin, de beaux yeux bleus et les cheveux rassemblés en un vague chignon laissant échapper quelques mèches blondes.

Elle s'essuya sur son polo, puis leur tendit la main.

– Anna Brückner.

– C'est vous l'archéologue ?

– Oui. Je suis la responsable des fouilles.

– Et vous cherchez quoi ?

– Tout ce qu'il peut y avoir d'intéressant d'un point de vue historique. Il devait y avoir ici un prieuré.

– Une abbaye ?

– Grands dieux non ! Ce n'était pas Clervaux. Sans doute deux ou trois moines vivant autour d'une petite chapelle. Peut-être ces pierres là-bas sont-elles les restes d'un logis. Cela pourrait dater de l'époque de Willibrod, vous savez, ce moine irlandais.

– Oui, je vois.

En réalité Joao ne voyait pas grand-chose, et encore moins ce qu'il faisait là à discuter histoire médiévale.

– Et donc, vous auriez trouvé un corps ?

– Plusieurs même. Des moines sans doute... et celui-là qui est plutôt pour vous.

Elle s'avança vers une tranchée soigneusement recouverte par une bâche qu'on avait calée avec des pierres pour éviter qu'elle ne s'envole.

Anna Brückner souleva la couverture plastifiée, laissant s'échapper une odeur d'argile et de glaise humide fraîchement retournée. Au fond de la fosse reposait un squelette, couché sur le dos, la cage thoracique béante, comme une cage à oiseaux entrouverte et vide. Les os étaient d'une couleur ocre et parfaitement nettoyés ; le travail des vers, puis des archéologues. Les orbites creuses du crâne fixaient le ciel et sa large bouche semblait sourire de toutes ses dents, une horrible grimace en fait. Da Costa eut comme un frisson.

Il y avait eu jadis un visage recouvrant ce masque sinistre... Mais difficile d'imaginer que cela fut alors la frimousse d'une jolie fille ou la bouille d'un mec sympa.

– Si j'ai bien compris, on est sur un site archéologique, y retrouver des corps n'a rien d'anormal. Qu'est-ce qui vous a inquiété avec celui-là ?

– Déjà ce n'était pas logique. Les corps sont plus ou moins alignés, sauf cette dépouille. Et regardez bien, ce n'est pas un squelette ancien. Les os ont encore leur aspect naturel. En plus, on a trouvé ceci !

L'archéologue présenta un sachet en plastique. Par transparence, Joao y distingua deux petits objets brillants. Deux perles, montées sur une tige minuscule aux reflets dorés altérés par la terre qui les recouvrait par endroit.

– Vous voyez ? Le Moyen Âge me réservera toujours des surprises, mais un moine avec des boucles d'oreille décorées d'une perle, ça ne la fait pas !

Da Costa se frotta le menton.

– Vous avez bien fait de ne pas déplacer le corps. L'idéal aurait même été que vous ne le nettoyiez pas avec autant de soin !

– On ne pouvait pas savoir...

Consciencieusement, Brückner ou un de ses assistants avaient dû épousseter les os au pinceau. Nous ne trouverons plus grand-chose. Je devine déjà la frustration de Brandensted.

Joao se pencha sur les restes humains. Il n'y avait aucune trace de vêtements, comme sur les corps enfouis qu'il avait pu traiter dans des affaires précédentes. C'était étonnant. D'habitude, les tissus subsistent longtemps, même s'ils sont en lambeaux. Les chaussures, les ceintures, boucles et boutons se conservent pendant des siècles. Ici, rien. On avait enterré cette personne nue. Peut-être pour rendre son identification moins aisée.

– C'est quoi cette trace sur la clavicule ?

– Une fracture, ancienne, l'os s'est ressoudé.

– Vous avez une idée de l'âge ? Du sexe ?

– Oui, j'ai une idée, même si les cas que je traite habituellement ne sont pas aussi frais ! C'est une femme, et au vu des dents et de ses articulations, elle avait moins de trente ans, plus de vingt. Une jeune adulte donc.

– La cause de la mort ?

– Là, vous m'en demandez beaucoup. Je ne suis pas médecin légiste.

Wagner tourna la tête.

– Justement, voilà la CPS qui débarque.

Un combi blanc s'engageait à l'instant sur le chemin. Grimpant à son tour sur l'accotement, il se gara derrière l'Audi. Ils étaient loin, mais Joao devinait madame Thill passant un savon au chauffeur qui venait d'en descendre. C'était un homme plutôt grand dont le crâne dégarni brillait au soleil. Il haussa les épaules avant d'aller revêtir à l'arrière une combinaison d'un blanc immaculé… Brandensted !

Drôle de bonhomme que ce docteur d'origine allemande, égaré dans les services scientifiques de la police luxembourgeoise. Il avait été l'un des premiers civils à intégrer leurs rangs et Joao le connaissait depuis qu'il était lui-même entré en service. Brandensted avait cette façon bien à lui d'explorer les scènes de crime, y décelant des indices qui avaient échappé à tous, s'extasiant de la découverte d'un cheveu ou d'une trace de boue. On savait qu'il aimait la musique classique, qu'il habitait seul dans un appartement des nouveaux quartiers de la Cloche d'Or, qu'il passait systématiquement ses vacances dans le même hôtel à Étretat, mais en réalité personne ne connaissait vraiment Bernard Brandensted, un homme un peu mystérieux qui semblait ne vivre que pour ses recherches.

Il s'avança avec son assistante chargée de la prise des photos, et après avoir brièvement salué les deux policiers, il se pencha sur la fosse.

– Ainsi donc, messieurs, voilà la victime. Si la médecine ne peut plus rien pour elle, peut-être la science nous livrera-t-elle ses secrets.

– C'est bien ce que nous espérons.

Brandensted lissa sa moustache, une fioriture taillée au millimètre et qu'il devait sans doute bichonner tous les matins devant sa glace.

– Certes, cette dépouille est assurément moins fraîche que de coutume, mais nous devrions néanmoins pouvoir en tirer quelque chose.

Le technicien avait toujours cette manière alambiquée de s'exprimer ; Joao le soupçonnait d'avoir appris la langue de Molière en lisant les auteurs classiques et cette façon de parler l'agaçait au plus haut point, de même que la lenteur apparente avec laquelle il menait ses investigations.

– Bon, coupa le policier, nous allons délimiter un périmètre et vous laisser travailler.

V.

Pendant ce temps, Faber, des Services techniques battait la semelle, tirant sur sa cigarette à quelques mètres du chantier. Sa mauvaise humeur était tellement visible que Joao ne put s'empêcher de l'interroger.

– Quelque chose ne va pas ?

– Il y avait les archéologues, maintenant votre enquête à la con. Et en attendant, mon projet avec Creos est en panne. Ça va prendre combien de temps votre histoire, là ?

– Le temps qu'il faudra.

– Mais c'est un projet d'utilité publique et nous ne pouvons pas nous permettre de...

Wagner s'interposa.

– Mon collègue vous a répondu « le temps qu'il faudra ». Ce n'est pas clair ?

Faber se le tint pour dit. Mike Wagner était un gentil garçon, mais lorsqu'il fronçait les sourcils, avec son regard glacial, sa mâchoire carrée et ses épaules bodybuildées, il en imposait.

– Au lieu de râler, monsieur Faber, vous qui êtes du coin, si vous nous en disiez plus sur les habitants de cette charmante localité !

L'homme grogna, puis, de mauvaise grâce, se tourna vers le hameau.

– Les deux maisons jaunes et la ferme, ce sont les Hoffmann ; la maison en face, puis l'autre avec la grange et celle plus loin, ce sont les Thill. Leur fils et leur fille Georgette occupent les deux nouvelles habitations à côté. Celle-ci, tout près avec les marches, c'est la grand-mère, Irma Thill. Vous avez été présentés, je crois. Une vraie teigne, celle-là. À l'entrée du village, il y a encore le restaurant de la famille Ying, et vis-à-vis, les Da Silva-De Susa.

Wagner ricana.

– Donc ce bled perdu n'a pas échappé à l'évolution. On y trouve une famille portugaise et un resto chinois ! Et cette sorte de petit chalet, là-bas ? C'est à qui ?

– Ça, c'était pour les touristes, mais depuis le covid, ils ont cessé de l'entretenir, plus personne ne vient.

– En arrivant, intervint Joao, j'ai aussi vu des bâtiments à l'entrée du bois.

– C'est une vieille ferme. Du temps où les Thill élevaient du bétail. Ils la laissent à l'abandon.

– Et ce chemin-ci, au bord duquel on a trouvé le corps, il mène où ?

– Nulle part. C'est un cul-de-sac. Au bout, il y a une ferme avec un vieux. Jean-Pierre Weiler, Jhemp. C'est un ours. Il vit seul avec ses poules et ses moutons. Sa femme l'a quitté il y a un moment.

– Il habite là depuis longtemps ?

– Oui. Je l'ai toujours connu dans cette ferme.

Ils firent quelques pas en direction du village. Faber semblait se décrisper quelque peu. Il s'alluma une nouvelle cigarette dont la fumée bleue s'envola dans l'air glacé.

– Comment ça se passe entre les habitants ?

– Les Hoffmann et les Thill, ils ne peuvent pas se sentir. Quand ce n'est pas pour une histoire de clôture, c'est pour l'écoulement des eaux ou pour une fenêtre qui plonge trop à leur goût sur leur jardin.

– Ils n'ont rien de mieux à faire ?

– Je pense que ça date de la guerre. Le père Hoffmann était au Parti[1], tandis que le fils Thill était réfractaire. Les parents ont été déportés en Prusse. Ils en sont revenus pas très contents. Maintenant, c'est avec l'éolienne que la bagarre a repris. Le terrain où on va la monter est au Hoffmann, mais les Thill n'en veulent pas. Il m'a fallu supporter deux ans de procédures pour les faire céder ! C'est Irma Thill qui a été la plus chiante.

– Tout ça pour une histoire qui remonte à la guerre ?

– Vous n'êtes pas d'ici. On voit que votre famille n'a pas connu ça.

Da Costa avait horreur de se faire rappeler ses origines étrangères.

Non, ma famille n'a pas connu la guerre, pas celle-là du moins, et elle n'a pas non plus fricoté avec les nazis...

– Et elle sera où, votre éolienne ?

– Elle sera là où se baladent vos archéologues. Quand ils voudront bien nous céder la place.

Schmidt leur tourna le dos et se dirigea vers la camionnette orangée de la ville.

– Au fait, vous savez qu'une petite a disparu ici il y a des années ?

– C'est maintenant que vous nous dites ça ?

– Vous devriez être au courant. La gendarmerie et la police s'en sont occupées dans les années quatre-vingt.

– Désolé, mais j'étais pas encore né, et mon commissaire lui-même portait encore des Pampers.

– C'était la fille des Hoffmann.

– Je vais aller voir les parents.

– Ils sont pas là.

---

[1] Le Parti nazi.

– Comment, ils sont pas là ?

– Tous les ans à la même époque, ils partent avec Luxair. Vous pouvez toujours parler avec Denis, le frère de la petite. C'est la deuxième maison. Mais il ne rentre qu'en soirée. Il travaille aux CFL[1].

Un petit attroupement entourait maintenant le chantier, commentant avec animation les déplacements de Brandensted. Parmi tout ce beau monde, on identifiait aisément les Chinois du restaurant et la famille portugaise dont avait parlé Faber : une dame âgée toute tassée dans son tablier, un couple aux cheveux blancs et trois gamins qui devaient être leurs enfants. En pro du Net, le plus grand filmait la scène avec son smartphone. Da Costa secoua la tête, affligé.

Demain nous serons tous sur Snapchat ou TikTok, puis finalement sur RTL... Génial ! Ma mère a toujours voulu que je passe un jour à la télé !

Derrière le groupe se dressait une grande fille trop maigre, avec un regard sombre et perdu dans le vague. Luisa De Susa. Joao la connaissait, de loin. Une ex-amie d'Isabela. Elle aussi l'avait reconnu. Elle lui adressa un bref signe de tête.

– J'ai deux mots à dire à l'archéologue, souffla Wagner.

– Vas-y. De mon côté, je vais voir ce que foutent nos copains de la CPS.

Tandis que Wagner discutait avec Anna Brückner, Da Costa partit retrouver Brandensted. Le technicien enfilait une nouvelle paire de gants en fixant le squelette d'un air dubitatif. Sa collègue, elle, tournait autour

---

[1] Société nationale des chemins de fer luxembourgeois.

de la fosse en mitraillant le corps sous toutes les coutures.

– Alors ? Vous en pensez quoi ?

– C'est une femme, une jeune femme. Elle gît là depuis une quarantaine d'années. Depuis les années 80, sans doute. Je vais effectuer quelques prélèvements, mais je laisserai le soin à un anthropologue de procéder à l'autopsie.

– Ça va prendre combien de temps ?

– Quelques jours. Je demanderai l'avis du LNS[1]. Je crains cependant que dans ce cas nous devions transférer le corps en Allemagne.

– Faites pour le mieux. Cette femme est morte depuis si longtemps, nous n'en sommes plus à une semaine.

En se retournant, Da Costa aperçut Anna Brückner qui tendait à Wagner un petit carton blanc. Celui-ci, tout sourire, le glissa rapidement dans l'étui de son portable, puis il alla rejoindre son collègue.

– Qu'est-ce qu'elle t'a filé, l'archéologue ?

– Son numéro de téléphone.

– Tu es incorrigible !

– C'est pour l'enquête, qu'est-ce que tu t'imagines ?

– Évidemment...

---

[1] Laboratoire national de santé. Ce dernier effectue les analyses pour le compte de la PJ.

VI.

Ils regagnèrent l'Audi qui les attendait plus loin sur la route.

La petite dame de tout à l'heure semblait monter la garde à côté de leur voiture.

– Alors, vous le dégagez votre engin ?

Mike agita négligemment sous son nez les clés de l'Audi.

– Ainsi, c'est vous la grand-mère Thill ?

– Oui. Et alors ?

– Il semblerait que vous êtes la personne connaissant le mieux ce village ?

– Et comment ! Je suis née ici, dans cette maison que vous voyez là !

Elle désigna du menton la bâtisse la plus proche.

– Alors, vous devez être aussi au courant pour cette fille qui a disparu il y a des années.

– Bien entendu que je suis au courant. Elle s'appelait Tessy Hoffmann.

– Qu'est-ce qui s'est passé ?

Elle haussa les épaules.

– Un beau matin, elle s'était envolée. Une sale gamine. *A Problemkand. Eng Louder*[1]. Si vous voulez mon avis, les parents ont dû être soulagés d'en être débarrassés !

– C'était quand ?

– Je me le rappelle très bien ! C'était en avril 1986. Un samedi !

– Vous n'avez pas Alzheimer, vous !

---

[1] Une enfant à problème, une sale gosse.

– Ne riez pas, jeune homme. Je pourrais vous en raconter des choses.

Sans y avoir été invitée, la vieille se mit à déblatérer sur les Hoffmann. Tout le monde dans la famille y trouvait son compte, du grand-père décédé aux petits-enfants.

– Bien, coupa finalement Wagner, alors, nous devrons peut-être nous revoir.

Heureux d'échapper à son amer verbiage, les deux policiers l'abandonnèrent et montèrent en voiture.

Après avoir jeté un dernier regard à la mégère, Mike secoua la tête.

– J'adore ce bled ! Quand je pense que j'ai grandi dans un patelin comme celui-là.

– Toi ? J'ai toujours cru que tu étais de la ville.

– Eh bien non ! J'avais douze ans quand mes parents sont enfin partis s'installer à Hesperange. Avant ça, j'ai passé mon enfance dans un tel patelin. Alors, je la connais bien cette ambiance. C'est un vieux village luxembourgeois. Il y a bien quelques braves gens, mais comme tu le constateras, tous les autres habitants se détestent, et ce sont d'interminables petites guéguerres pour des conneries. Naturellement, même lorsqu'ils se haïssent, ce n'est pas au point de dénoncer leur voisin à la police... Là, ils se serrent les coudes ! On va tomber sur un mur. La seule ici qui est visiblement plus prolixe, c'est la vieille Thill. Quand elle peut dire du mal des autres, il n'est pas nécessaire de trop la pousser. Mais tout ce qu'elle nous racontera, ce ne seront que des conneries et des histoires de voisinage qui n'auront rien à voir avec notre enquête.

– Nous verrons.

Quand Mike et Joao reprirent la route, l'après-midi était déjà bien avancée. Prés et bois bordant la nationale 11 se succédaient, alternant avec les fermes et les villages dont on apercevait les clochers.

Les arbres étaient encore dénudés par l'hiver, seules quelques touches de vert annonçaient le printemps. Subitement, deux chevreuils surgirent des frondaisons et traversèrent la chaussée en quelques bonds. Mike freina sec en poussant un juron. Distrait, Joao y prêta à peine attention. L'histoire de Tessy Hoffmann, cette fille disparue il y a trente ans, lui trottait encore dans la tête.

– Je savais que ce nom Hoffmann me disait quelque chose.

– Évidemment, ce doit être l'un des patronymes les plus répandus au Luxembourg. J'ai moi-même un oncle qui s'appelle Hoffmann.

– Oui, mais « Tessy Hoffmann », c'était un cas de disparition qu'on avait brièvement étudié à l'école de police.

– Je ne m'en souviens pas.

– Possible, ça devait être l'un des cours où tu dormais !

– Et il lui est arrivé quoi à cette nana ?

– On n'en sait rien... On a laissé tomber.

– Laissé tomber ? Mais pourquoi ?

– Les papiers de la fille n'étaient plus là et son compte avait été vidé. On a penché pour une fugue. Comme en plus elle venait d'avoir 18 ans, on a clôturé l'affaire.

– Et si c'était son corps, là-bas, au fond du trou ?

– Oui… si c'était elle. Au bureau, tu pourrais me retrouver son dossier ?

– Je vais chercher. C'est une vieille histoire !

– Nous venons peut-être de la remettre au goût du jour.

– Tu venais pourtant de me dire que tout laissait penser à une fugue.

– C'est ce qu'on nous a expliqué à l'époque, mais je n'étais pas convaincu. On ne sait pas avec certitude qui a vidé son compte. Même si c'était elle, on a pu la liquider après. Quant à ses papiers, on peut très bien les avoir fait disparaître. Les assassins ne sont pas tous des idiots.

– Bon, mettons. Et pour notre sympathique squelette, tu ferais quoi ?

Joao se passa la main dans les cheveux. Un tic quand il réfléchissait.

– À dire vrai, je ne sais pas trop. Ce n'est pas souvent qu'on nous confie le cas d'une personne qui a trouvé la mort il y a des décennies. Pour l'enquête de voisinage, ça va être coton. « Bonjour madame, bonjour monsieur, que faisiez-vous du 1er janvier au 31 décembre de 1980 à 1990 ! »

– On devrait cuisiner la petite vieille, tu sais, celle du parking.

– Sans doute. Mais j'en ai assez pour aujourd'hui. Je dois t'avouer que le sourire glacé de ce squelette m'a donné le frisson.

– C'est pourtant pas la première fois que tu vois un macchabée.

– C'est la première fois que j'ai l'impression d'en avoir un qui se paie ma tête.

– Tu te poses toujours trop de questions, Joao.

– C'est comme ça qu'on obtient des réponses.

Joao avait pris froid dans ce village humide.

– Mets le chauffage à fond, je caille !

Mike augmenta la clim d'un degré tandis que Joao s'enfonçait dans son siège, songeur. Pas facile cette affaire. *Un crime banal, une histoire de famille, d'argent, de vengeance. Ni un sadique ni un tueur en série, mais quelqu'un du coin.*

Parvenu dans une longue ligne droite, Mike actionna sèchement le levier de vitesses. Lui-même semblait préoccupé.

– Ça ne va pas être commode de dénouer cette histoire. Quelqu'un du village doit pourtant savoir.

– C'était comment la vie dans un endroit comme celui-là ?

Wagner pianota nerveusement de la main gauche sur le volant.

–En général, c'était bien, tranquille. J'aimais les vieux. Il y en avait beaucoup qui étaient gentils... puis, il y avait les méchants. À la petite école, j'ai pris des claques plus souvent qu'à mon tour. J'étais un gosse difficile, qu'ils disaient. Ça m'est passé... Enfin, pas vraiment.

– T'as pas eu de chance avec l'école...

Joao se rappelait Théo Ecker, son instit, lui ébouriffant les cheveux à la sortie de la classe « Alors mon petit Joao, encore dans la lune ? »

Il sourit à cette image.

– ... Moi, c'était bien.

Un jour, Théo l'instit avait compris que le petit Joao n'était pas vraiment dans la lune : il réfléchissait, cogitait, analysait. Ce gosse dont les parents ne parlaient que trois mots de luxembourgeois avait des résultats scolaires inespérés. Et c'est cet instituteur qui, quatre ans plus tard, avait insisté pour que le gamin poursuive ses études au lycée classique. Depuis, ils s'étaient perdus de vue et Théo avait pris sa retraite, mais jamais Joao ne l'avait oublié.

Da Costa et Wagner débarquèrent rue de Bitbourg vers 17 heures. Le QG de la Police judiciaire était encore en pleine activité. Tandis que Mike partait faire un tour aux archives, Joao monta vers leur bureau.

Le petit Pit Freichel que le policier avait laissé à ses recherches était encore là, rivé à son ordinateur.

Abandonnant son clavier, le gamin se leva. Il paraissait toujours aussi mal à l'aise dans son veston aux manches trop longues. D'un geste vif, il ramena la mèche qui lui tombait sur les yeux.

– J'ai trouvé des choses sur ce village.

– Je t'écoute.

– En juin 1986, la police a lancé un avis de recherche pour une fille qui s'appelait Tessy Hoffmann.

– Oui, on est au courant.

– À l'époque, une dame de Blummenhaff a été interviewée sur RTL et elle disait qu'elle soupçonnait les parents.

– Je parie que cette dame se nomme Irma Thill.

– On ne le dit pas... J'ai aussi trouvé une note confidentielle d'un certain Stoffel.

Da Costa sursauta. Stoffel, le commissaire avec lequel il avait commencé sa carrière. Un mauvais souvenir.

– Où as-tu trouvé ça ?

Pit se rongea nerveusement un ongle. Puis tendit une copie de la note au policier.

– Je... euh... vous m'aviez demandé de chercher, alors j'ai cherché un peu partout.

– Je préfère ne pas savoir.

Joao s'installa et parcourut cette note de son ex-supérieur. Son contenu ne l'étonna nullement.

Il en terminait la lecture quand Wagner fit à son tour son entrée. D'un geste brusque, ce dernier balança un dossier bleu aux coins cornés sur le bureau de Da Costa.

– Le voilà, ton cold case !

L'étiquette jaunie mentionnait : « Tessy Hoffmann ». Mike eut un petit rire en s'adressant à son ami.

– Tu seras étonné d'apprendre que c'est notre ex-commissaire, Stoffel, qui s'est occupé de ce dossier de disparition, à l'époque où il était simple inspecteur. Il a proposé, semble-t-il, de classer l'affaire.

– Oui, je sais... Mike, je te présente Pit. Notre petit génie en informatique a dégotté je ne sais où le rapport de ce maudit Stoffel ! Classer les affaires, c'est apparemment ce qu'il faisait le mieux !

Wagner adressa au gamin un signe de la tête.

– *Häerzlech wëllkomm*! Bienvenue chez nous !

Joao feuilletait le dossier. Quelques auditions, un échange de lettres avec une banque, des photos de la chambre de la fille. Pas de jolies poupées, mais une collection de voitures, une guitare électrique et, aux murs, des posters de groupes qu'il ne connaissait pas. Des types maquillés et hurlants. Rien de bien intéressant. Il referma le dossier.

– En attendant le retour des parents, on pourrait lancer un avis de recherche. Si cette fille a disparu il y a trente ans et qu'elle est encore vivante, elle a pu refaire surface... quelque part... ailleurs. Je serais elle, je me serais aussi cassé de ce trou perdu !

Il se tourna vers le petit Pit, toujours figé sur sa chaise.

– Les réseaux sociaux, ça te connaît, non ? Tu pourrais t'en occuper ? Essaye de nous retrouver cette Tessy Hoffmann.

Il remit à Pit une photo de la gamine et son extrait de naissance.

– Tu ne devrais pas informer Folmer ? s'inquiéta Wagner.

– Ça n'a pas besoin d'être officiel. Le temps d'expliquer à Folmer à quoi servent Facebook ou Twitter, on aura peut-être localisé la fille ! Si du moins elle est vivante, ce dont je commence à douter.

– Et pour les parents ? On fait quoi en attendant ?

– Demain, on retournera sur place.

– Le corps n'y est déjà plus. Brandensted a dû l'embarquer.

– Je sais, mais je veux discuter avec le frère de Tessy Hoffmann. Denis. Celui qui travaille aux CFL.

On frappa à la porte. Caro, la secrétaire du service. Une vraie perle que cette fille, mais en agitation permanente. Galopant partout avec ses dossiers sous le bras, elle débarquait dans les bureaux en coup de vent, lâchait les instructions du patron, les nouvelles du jour, les potins, puis repartait au petit trot.

– Ah ! Vous êtes encore là ! J'ai un message pour vous.

– Oui ?

– Le juge Folmer veut vous voir. Demain. Dix heures, cité judiciaire.

– On y sera.

Elle agita ses bracelets et baissa d'un ton.

– C'est peut-être pour l'histoire du vieux qui s'est fait descendre !

– Quelle histoire ? Quel vieux ?

– Quoi ? Vous n'êtes pas au courant ? On en parle depuis une heure à la radio. Un de nos gars a été descendu en pleine rue, à Bonnevoie. C'est un de nos anciens collègues.

Wagner et Da Costa se regardèrent, interloqués.

– C'était quoi son nom ?

– Schmitt... et son prénom, Arsène, je crois.

Alors que la secrétaire avait quitté le bureau, Joao, étrangement silencieux, fixait la fenêtre, le regard perdu dans le vague.

– Joao, tu sais qui c'est ce gars, Arsène Schmitt ?

– Et comment ! J'ai fait ma première enquête avec lui. Un type consciencieux, méthodique. Il m'a beaucoup appris. Il y a plusieurs années, il a été muté à la direction. C'est vraiment con. Il devait être à la retraite depuis quelques mois seulement. Il n'aura pas eu le temps d'en profiter.

– Il avait une femme ? Des enfants ?

– Marié, mais pas d'enfants, il me semble. Pas facile la vie de famille avec ce métier.

Da Costa rumina une minute avant de s'exclamer :

– Ce meurtre, je veux m'en occuper ! On ne peut pas prendre le risque qu'il reste impuni. Je lui dois bien ça à Arsène.

Il empoigna le combiné du téléphone et appuya sur la touche du numéro préenregistré d'Araujo.

– Oui ?

– Manuel, j'ai appris pour l'histoire d'Arsène Schmitt. C'est bien nous qui prenons cette affaire ?

– Non, pas celle-là, Joao ! Cette enquête, je vais la confier à Turini et à la nouvelle, Weis. Turini est jeune, il en veut, et il a besoin de faire ses preuves.

Da Costa s'étrangla. Il détestait Sandro Turini, une grande gueule persuadée d'être le meilleur flic de sa promotion. Ayant vite identifié Joao comme une sorte de concurrent, il ne ratait jamais une occasion de se mettre en valeur à ses dépens... Un petit jeu qui habituellement laissait totalement indifférent Da Costa. Mais pas cette fois. Il aurait voulu retrouver lui-même l'assassin de son ancien collègue, sans compter qu'il doutait que Turini soit capable de mener à bien cette enquête.

– Turini ? Tu confies l'enquête à Turini ? Tu plaisantes ?

– Pourquoi, Joao ? Ça te pose un problème ?

Un des défauts d'Araujo, c'est qu'il était têtu. Il était inutile d'insister.

– C'est toi qui vois...

– C'est tout vu.

Da Costa raccrocha sèchement le combiné.

– C'est pas pour nous !

Wagner fronça les sourcils.

– Si ce n'est pas nous, qui donc s'occupe de l'affaire ?

– Turini, et la petite Weis !

– Oups ! J'imagine que cela ne te fait pas plaisir que ce soit ce type.

– Évidemment que ça m'embête. Ce connard va jouer les matamores, tourner en rond et se planter ! S'il y a une chance de trouver le meurtrier, tu peux être certain que cette grande gueule passera à côté ! Et pendant ce temps, nous, on nous envoie sur un cas vintage... un squelette qui date du siècle dernier !

Wagner hocha la tête.

– Eh bien, il faut faire avec. On va découvrir à qui il est ce squelette. Et si après ça, Turini est toujours dans les choux, tu iras trouver Araujo pour qu'il te refile le dossier.

En réalité, Da Costa était quelque peu affligé pour Weis, la collègue de Sandro Turini. Steffy Weis était une petite bonne femme intelligente, plus intelligente sans doute que Turini, mais discrète. Elle avait compris qu'en tant que femme dans la police, il faut y aller en douceur. Au début du moins. Mais pourquoi avoir imposé à cette pauvre fille un tel partenaire ? Prétentieux, dévoré par l'ambition, Turini ne lui laisserait que les sales boulots et, en cas de succès, il tenterait d'en retirer pour lui seul tout le prestige. Pourtant, ce n'était pas gagné, car ce dossier ne sentait pas bon et de l'avis de Joao, ils n'étaient pas près d'attraper le coupable. Cela dit, Mike avait raison. Il fallait régler rapido cette histoire de squelette.

Une heure passa pendant laquelle les deux policiers fouillèrent en vain dans le dossier de Tessy Hoffmann. Tout laissait effectivement penser à une fugue. Et pourtant, Joao n'était toujours pas convaincu.

Et si ce corps était bien le sien ? Car depuis cette époque, Tessy Hoffmann n'était jamais reparue. Pas un signe de vie. Curieux. Et même suspect. Un jour ou l'autre ces fugueurs adolescents finissent par reprendre contact avec leur famille. Cela leur prend un an, dix ans, vingt ans peut-être, mais ils le font. Ici, rien.

Il se faisait tard. Wagner et Da Costa entreprirent de rédiger leur rapport. En quelques pages, ils décrivirent avec une froideur toute professionnelle les événements de la journée, depuis la découverte du corps jusqu'aux entretiens avec les différents témoins présents sur les lieux, sans oublier la mention de cette troublante coïncidence : la disparition à la même époque d'une jeune fille du village.

Le bureau s'était vidé et, au loin, les files de véhicules s'allongeaient sur le contournement de la ville. Il était grand temps de fermer boutique. Joao renvoya le petit Pit chez lui, puis les deux policiers quittèrent le bâtiment à leur tour. Ils firent quelques pas ensemble en regagnant leurs voitures. Joao se taisait. Wagner le savait : son collègue râlait, ruminant en silence l'histoire de l'enquête confiée à ce crétin de Turini.

Il était plus de 19 heures quand Da Costa regagna son appartement du Kirchberg. Le jeune homme aimait rentrer tard. Une partie du trafic s'était alors écoulée hors de la ville et le quartier retrouvait une certaine tranquillité. Cela faisait deux ans que Joao habitait là, mais depuis un bon moment, son environnement était devenu méconnaissable. Logements et bureaux avaient poussé comme des champignons, les promoteurs et le Fonds du logement jetant leur dévolu sur le moindre mètre carré encore disponible. Malgré cela, son appartement à lui offrait toujours une vue imprenable sur la ville. C'est ce qui l'avait décidé à l'acheter. Dans 18 ans, 218 mensualités, il en serait pleinement propriétaire !

Le jeune homme s'enfonça dans le divan. Une fois de plus, il ne put s'empêcher de considérer avec circonspection le tableau accroché au mur et qui lui faisait face. Sa sœur lui avait offert cette œuvre de sa composition : un personnage déchiré par une explosion de couleurs. L'homme semblait sourire, à moins que ce ne soit une grimace ou un cri de détresse. Joao détourna le regard. Tarzano venait de faire son entrée. Il sauta sur le divan, frotta sa tête en ronronnant contre le bras de son maître, puis regagna la cuisine. Le langage chat : « J'ai faim, bouge-toi ! »

Joao s'extirpa du divan en se demandant qui, au fond, du chat ou de lui était vraiment le maître ici. Une fois dans la cuisine, il sortit l'une des boîtes de pâtée pour chat du placard. Tarzano en huma le contenu avec suspicion, puis le goûta. Joao eut un haut-le-cœur. Ce gluant mélange de déchets de poisson et de gélatine lui coupa l'appétit. Il mangerait plus tard. Laissant son compagnon à son festin, Da Costa retourna au salon. Après s'être réinstallé sur le divan, il saisit son portable et parcourut la liste de ses contacts. Son index glissa sur un nom. Luisa Maria De Susa. La jeune Portugaise de Blummenhaff. Il sélectionna son numéro.

À la deuxième sonnerie, une voix suave lui répondit.

– *Sto* ?

– Luisa ? C'est Joao, le frère d'Isabela.

– Je t'avais reconnu tout à l'heure.

– Je sais. Ça fait un bail.

Isabela et elle s'étaient crêpé le chignon pour une histoire de petit copain. Depuis, elle avait disparu du paysage.

– Je voulais que tu me dises. Ça se passe comment au village ?

– Horrible ! Ils se détestent tous. Et souvent, ça crie.

– Entre qui et qui ?

– Entre les Thill et les Hoffmann. Et parfois même dans leurs propres maisons. Les parents ne s'entendent pas.

– Il t'arrive de parler avec eux ?

– Ces gens pètent de fric et n'aiment pas les Portugais, alors tu penses ! Il n'y a que le fils Thill qui est gentil. Celui qui travaille en ville.

– Et la sœur Thill ?

– Georgette ? C'est une idiote qui a réussi à trouver une place dans une banque parce qu'à vingt ans elle avait un joli petit cul. Elle ne vaut pas mieux que ses parents.

Belle ambiance là-bas. On va s'amuser. Mike avait raison.

– Et toi, tu penses quoi de cette histoire de corps qu'on a retrouvé ?

Luisa respire nerveusement. Joao attendit qu'elle se reprenne.

– J'en pense rien… Je veux me casser d'ici. Dès que j'aurai un job.

– Tu fais quoi ?

– J'ai mon CATP coiffure. T'as pas une idée ?

– Non désolé, c'est pas vraiment mon secteur.

Il la salua et raccrocha, songeur.

Au-dehors les lumières des autres appartements commençaient à s'allumer. Des morceaux de vie. Des familles qui se retrouvaient pour partager les événements de la journée, manger ensemble.

Joao, lui, se sentait seul. Le chat lui-même était parti, abandonnant sa coupelle à peine entamée.

Mike a sa petite vie, ses copines, ses amis du fitness ; Isabela file le parfait amour avec sa dernière conquête ; mes parents profitent main dans la main de leur retraite… et moi, je me traîne seul dans cet appart à moitié vide. C'est sans doute mon métier de flic qui veut ça. Un coup de blues. Ça passera. Secoue-toi, Joao…

Le jeune homme retourna à la cuisine et ouvrit le frigidaire. Merda ! Il avait oublié les courses. Il lui restait une demi-bouteille de Douro et un Tupperware entamé de poulet piri-piri (merci maman). Cela ferait l'affaire.

Il alluma la télé. Un policier. Une enquête avec des indices bateaux qui tombaient tout cuits et des techniciens de science-fiction qui semblaient travailler pour la NASA. Joao se prit à rire et sa morosité le quitta.

Vers onze heures, il partit se coucher.

Demain est un autre jour.

JEUDI

I.

Le juge d'instruction qui avait pris le dossier, c'était Marcel Folmer. Joao l'appréciait, même si tous deux ne manquaient pas de se quereller de temps à autre. Un bon juge que ce Folmer, très bon même. Et le problème, comme il était bon, c'est qu'il était surchargé et qu'il avait tendance à laisser de côté ce qui lui semblait de moindre importance... Comme ce cadavre vieux de plus de trente ans !

Son bureau de la Cité judiciaire avait toujours le même aspect, croulant sous les dossiers, et lui-même croulant sous les soucis et le travail.

Un sobre portrait du Grand-Duc trônait au-dessus d'une bibliothèque où étaient entreposés les antiques volumes du mémorial. Il y avait des classeurs et des boîtes à archives un peu partout, et, encombrant le peu d'espace encore libre, un chariot avec ce qui constituait sans doute les centaines de pièces de plusieurs affaires en cours d'instruction.

Mais le chaos qui régnait ici n'était qu'apparent. Les chemises étaient rangées en de hautes piles parfaitement alignées, pas un papier n'en dépassait. De même, sur le bureau, des documents attendaient leur tour en petits tas garnis de Post-it de couleur. À l'avenant, les bacs de courrier et classeurs étaient posés çà et là dans un ordre que vraisemblablement seul leur propriétaire comprenait, mais un ordre quand même.

Depuis quelques minutes, le juge Folmer écoutait Joao en continuant à parcourir les pièces du dossier Blummenhaff. Enfin, il leva la tête.

– Vous savez, je me rappelle très bien cette affaire avec la petite Hoffmann. Il y a des choses qui vous marquent en début de carrière. On a tout de suite suspecté le grand-père, Aloyse. C'était un sale type, un nazi pur sucre qui avait dénoncé ses voisins à la Gestapo. Après la guerre, il s'en est encore tiré à bon compte. Il a été bouclé au KZ d'Echternach[1] où il a passé quatre ans à déblayer les ruines. À son retour au village, tu imagines bien comment fut accueilli, en particulier par les Thill, ses voisins. Tous l'ont évidemment pointé du doigt quand la petite Tessy a disparu. Pourtant, nous, on a plutôt pensé à une fugue. La gamine ne s'entendait pas avec ses parents, et comme elle venait d'être majeure, elle a vidé son compte junior à l'agence de la BIL d'Echternach. L'employée de la banque l'a d'ailleurs formellement reconnue.

– Pourrait-on au moins comparer l'ADN du corps avec celui de la famille Hoffmann ?

– On pourrait, oui. Vous devrez d'abord obtenir l'autorisation des parents.

– Ils sont en balade avec Luxairtours. Fuerteventura.

– Ils reviennent quand ?

– Samedi.

– On les a prévenus ?

---

[1] Camp de prisonniers où furent internés après la guerre des collaborateurs luxembourgeois.

– Je préfère les avoir sous la main avant de les mettre au courant. J'aimerais aussi parler avec la famille Thill, les enfants de la petite vieille.

Folmer se leva et alla se servir un café au percolateur qui chuintait sur l'appui de fenêtre.

– Faites-le si vous y tenez, mais évitez quand même de créer trop d'émoi et de frais pour cette histoire poussiéreuse. On n'est encore sûr de rien avec ce corps ! Et l'affaire du jour, c'est l'assassinat d'Arsène Schmitt, pas ce vieux squelette.

Fin de l'entretien. Les deux policiers regagnèrent le parking.

II.

Wagner et Da Costa venaient de se taper une nouvelle fois le trajet vers Echternach. Mike était de mauvaise humeur. Une perte de temps, avait-il dit.

– Tous ces braves gens, on aurait pu les convoquer !

– Pas encore. Je tiens à y aller, histoire de sentir l'ambiance.

– Je peux déjà te le dire : l'ambiance, elle est merdique.

– Je sais.

Leur voiture se gara devant la maison des Thill. Ils gravirent les marches et quand Joao actionna la sonnerie, le son assourdi d'un carillon parvint jusqu'à eux.

L'homme qui venait d'ouvrir était un vieillard souriant au visage rougeaud. Il boitait, mais malgré cette claudication et son âge, il semblait encore solide. Il tendit à Da Costa et Wagner une main ferme, puis les emmena à la cuisine où l'attendait son épouse. Au contraire de son mari, c'était une femme filiforme et qui affichait une mine contrariée. Ses doigts aux ongles vernis tripotaient nerveusement un Samsung dernier modèle. Leur intérieur était moderne, plutôt froid, tout en lignes épurées, surfaces en verre et en stratifié. Le four à micro-ondes, le frigidaire, la crédence reflétaient les lumières vives du jardin. La déco elle-même surprenait un peu. Ni cadres ni photos, un bouquet de fleurs séchées, des bouteilles remplies de bouchons et de cailloux de couleur.

Les deux policiers prirent place dans les sièges design que leur présenta madame. Ils firent l'impasse sur une tasse de café ou un verre d'eau.

– Vous savez pourquoi nous sommes là ?

Les deux vieux se regardèrent. C'est l'homme qui parla.

– Bien entendu. On vous a vu avec votre collègue dans le champ, près des fouilles.

– Ce corps qu'on a trouvé, on pense à Tessy Hoffmann. Je suppose que cela doit vous rappeler quelque chose ?

– Ça a fait toute une histoire à l'époque. J'ai toujours eu des doutes pour le grand-père. C'était un sale type qui avait fricoté avec les boches.

– Oui, on sait. Mais quel rapport avec la petite Tessy ?

– Peut-être aucun. C'était un sale type, c'est tout, et la génération suivante ne vaut pas beaucoup mieux. Quand ils répandent des crasses sur leurs champs, ils s'arrangent évidemment pour que le vent emporte la moitié chez nous. On voulait faire dans le bio. À cause d'eux, on a laissé tomber.

– Un sale type, vous dites. Il aurait pu la tuer ?

Il dodelina de la tête.

– La tuer ? Peut-être pas...

– Alors qui ?

– Qu'est-ce que j'en sais, moi ? On ne sait même pas ce qu'elle est devenue. Elle a eu des ennuis, ça c'est possible. Bon, il faut dire aussi qu'elle avait son caractère, cette gamine. Les chiens ne font pas des chats. Et une aguicheuse avec ça !

Joao regardait autour de lui. Dans cette vieille maison, déco et ameublement avaient été remis à neuf avec un souci de modernité et d'esthétique qui laissait rêveur.

Tout est trop beau ici. On se croirait dans une couverture de « Maisons et jardins ». C'est pas avec le bio qu'ils se sont payé tout ça.

– Vous vivez de quoi ?

Question indiscrète. Il y eut un instant de gêne. Monsieur croisa les bras. Madame, une fois de plus, le laissa répondre.

– De nos rentes. J'ai vendu des terres pour la nouvelle cité. Au prix du mètre carré, c'est plus la peine de se fatiguer. Je ne vois pas le lien avec Tessy.

– Et vos enfants ?

– Notre fille Georgette travaille dans une banque, notre fils Jean est prof à Esch. Susy notre aînée ne vit plus ici.

– Ils ont connu Tessy Hoffmann ?

– Georgette était trop jeune, mais Jean l'a côtoyée. Ils étaient ensemble au lycée.

– Et votre aînée.

– Elle a quitté le village alors qu'elle avait six ans. Elle souffrait des poumons, le médecin a dit que c'était à cause du climat. On l'a envoyée chez son oncle et sa tante à Montpellier. Elle y est restée. Aujourd'hui, elle travaille là-bas, dans un magasin de vêtements, je crois.

– J'aimerais avoir le numéro de votre fils Jean, celui qui a connu Tessy.

La dame se dirigea vers le secrétaire et en sortit une feuille de papier où elle calligraphia le téléphone de Jean Thill.

– On voudrait bien vous aider, mais on ne voit pas comment. Tout ça, c'est des vieilles histoires.

Da Costa les fixa tour à tour sans rien dire. La dame répéta.

– ... des vieilles histoires.

C'est Mike qui donna le signal. Il se leva et repoussa sa chaise.

– On reviendra si on a des questions. Ne vous dérangez pas, on connaît le chemin.

Puis il quitta la cuisine... Toujours à peine poli, Mike, mais c'était son style quand il trouvait les gens désagréables. Joao salua les époux Thill, puis suivit son collègue jusque dans la rue.

– Bon. Allons voir le fils Hoffman, le frère de cette Tessy. Il est chez lui, j'aperçois sa voiture.

Le temps de traverser la rue et ils étaient sur le seuil de Nico Hoffmann.

Un carillon égrena quelques notes, puis il y eut des pas, lents et traînants. Le battant s'ouvrit finalement sur un bonhomme au visage ronchon. Nico Hoffmann semblait sortir du lit. Il était en pantoufles et portait un vieux jogging élimé. Sa barbe poivre et sel était mal taillée, quant à ses cheveux, ils n'avaient plus vu de coiffeur depuis un bon moment. Le gars les reçut sur le perron sans les faire entrer.

L'entretien fut des plus brefs.

– Je vois pas bien ce que je peux vous apporter dans cette histoire.

– Nous parler de votre sœur, peut-être ?

– Ma sœur était une petite mythomane et une aguicheuse. Forcément qu'elle a dû avoir des ennuis.

– Au point de se faire tuer ? Ce pourrait être elle, ce corps dans le champ ?

– Aucune idée. Et ce n'est pas mon problème !

– Vous travaillez aux CFL, on m'a dit ?

– Oui, mais bientôt je serai à la retraite et je quitte ce village ! Mais c'est pas tout ça, je travaille cette nuit et je dois aller dormir. Au revoir, messieurs.

La porte claqua.

– Bon, conclut Wagner, voilà un joli suspect.

Trop facile. J'y crois pas. C'est un con de première, mais si c'était lui, il aurait mis les formes au lieu de nous envoyer valdinguer.

Ils traversèrent la rue. La localité semblait vide, inhabitée. Les quelques occupants présents s'étaient claquemurés chez eux, porte close. Irma Thill elle-même ne montra pas le bout de son nez, même si, Joao en était persuadé, elle les espionnait depuis leur arrivée.

Plus loin sur le plateau, des taches claires tranchaient sur la terre brune... les bâches blanches des archéologues. En regardant mieux, on devinait des silhouettes s'agitant sur le chantier, mais on n'en distinguait que la tête et les épaules.

Pas mal cet emplacement pour se livrer à quelque activité morbide. Il est en surplomb et il faut s'en approcher pour voir clairement ce qu'il s'y passe. Par contre, le seul accès est par le village. Si un meurtre y a eu lieu, difficile de croire que personne ici n'est au courant. Peut-être même que quelqu'un a du sang sur les mains... mais qui ?

Wagner interrompit Joao dans ses réflexions.

– J'aimerais aller discuter avec Anna, tu sais, l'archéologue.

– Oui, j'avais compris. Qu'est-ce que tu lui veux à Brückner ?

– Voilà plusieurs semaines qu'elle traîne ici. Elle a peut-être remarqué un détail ou l'autre... Sait-on jamais ?

Da Costa émit un petit ricanement.

– Ça va, j'ai pigé. Va draguer si tu veux. Moi, j'aimerais aller jeter un coup d'œil sur cette ferme, tout là-bas. Faber m'a dit qu'un petit vieux y vit seul. En allant et venant chez lui, ce Jhemp Weiler passe forcément par ici. Peut-être aura-t-il vu quelque chose ?

Da Costa salua Ana Brückner, lui abandonnant au passage son copain Wagner. Puis, il poursuivit sa route vers la ferme de Jean-Pierre Weiler dont les toits d'ardoises dominaient l'horizon.

Il avançait à pied sur l'asphalte craquelé du chemin. Par quelque caprice du temps, la température avait chuté en moins d'une heure et, sur ce plateau exposé au vent, le froid était plus vif encore. Le jeune homme pressa le pas.

Dans une prairie boueuse paissaient quelques moutons au pelage sale. Plus loin, c'étaient des poules qui picoraient un sol nu. Enfin apparurent des bâtiments aux murs jaunis et mangés au pied par la mousse. Le terrain était en creux. Le soleil ne devait réchauffer la ferme et ses annexes que les jours d'été.

Immobile, comme figé dans ce matin glacé, un homme semblait attendre Da Costa. Jhemp Weiler était plutôt grand et fort, avec une large poitrine et des épaules voûtées auxquelles étaient suspendus de longs bras aux mains épaisses. Il portait un sarrau rapiécé et un pantalon bleu maculé de terre. D'énormes chaussures lui donnaient un air un peu clownesque. Sous sa casquette dépassaient quelques mèches de cheveux gris. En s'approchant Joao fut frappé par ce visage aux bonnes joues roses et au sourire fatigué. Cet homme avait dû être un solide paysan, mais aujourd'hui, il semblait écrasé par le poids des ans. Comment il pouvait continuer à gérer seul cette ferme était un mystère.

Weiler ôta sa casquette et salua de la tête. Ce n'est pas souvent qu'il devait avoir de la visite.

– Moien, monsieur.

– Moien Här Weiler. Joao Da Costa. Je suis de la police et j'aimerais vous parler.

– Ah... police.

Il semblait à peine étonné. Presque indifférent.

– Venez, monsieur. On sera mieux à l'intérieur.

Jhemp Weiler poussa la porte. Elle s'ouvrit en grinçant sur une pièce au plafond bas et aux murs à la peinture écaillée. Quel contraste avec la reluisante maison des époux Thill ! Au porte-manteau, un vieux loden, un ciré jaune surmontant une paire de petites bottes crottées. Des pots de fleurs vides alignés contre le mur. L'évier sous la fenêtre était encore un de ces anciens modèles en pierre bleue. Il était encombré de vaisselle sale. À l'arrière une porte s'ouvrait sur une pièce plongée dans l'obscurité. On y devinait un vélo rouillé et des outils de jardinage. L'air sentait l'humidité, le lard fumé, le vieux. Seule note de modernité un peu incongrue, un ordinateur installé dans un coin.

– Vous prendrez bien un verre de quetsch ?

– J'aimerais bien, mais je suis en service.

En réalité Joao n'aimait pas le quetsch. Il lui arrachait la gorge et le fait tousser. Jamais il n'avait réussi à y distinguer le parfum de prunes tant l'alcool était fort.

– Un café alors ?

– *Jo, gären.*[1]

Jhemp sortit deux tasses du placard, les remplit d'un liquide noir et brûlant, puis en déposa une devant

---

[1] Oui, volontiers.

Da Costa.

Le café avait un goût amer, mais n'était pas désagréable.

– Vous savez pour le corps qu'on a trouvé plus haut sur la route ?

Il eut une grimace un peu comique, avançant la lèvre inférieure avec un air dubitatif.

– Un corps, vous dites ? Non... C'est quoi cette histoire ?

– Cela date d'il y a longtemps. Une trentaine d'années, peut-être plus. Une femme sans doute.

Jhemp ouvrit de grands yeux, mais resta muet.

– Vous n'avez rien remarqué à l'époque ? Des étrangers qui traînaient par-là ? Un événement inhabituel, le comportement de l'un de vos voisins ?

– Ça ne me dit rien. Vous savez, ici, il ne se passe pas grand-chose.

Il sembla soudain réaliser et se troubla.

– Une femme morte ? *Mam o Mam !*

Da Costa but quelques gorgées en silence. Il laissa errer son regard sur la pièce. Un vieux buffet où étaient alignées des assiettes aux motifs bleutés, des murs sobrement décorés de quelques photos de famille et d'une dizaine de cartes postales colorées. On y distinguait des vues des îles, de plages ensoleillées, de monuments aux façades inondées de lumière. Jhemp ne dit rien, mais il sourit.

De ses mains calleuses, il lissait la nappe en simili. Une vieille horloge sonna l'heure, rompant brusquement le silence.

– Vous vivez seul ?

– Oui. On a dû vous le dire. Tout le village se moque de moi. Ma femme m'a quitté il y a quelques années.

– Ce sont des choses qui arrivent.

– Elle voulait voyager, mais moi, j'ai la ferme, les moutons, vous comprenez ?

Je n'aime pas les femmes qui disparaissent, surtout pas en ce moment...

– Où est-elle, votre épouse ?

– Elle vagabonde, elle court le monde, comme on dit.

Il désigna une photo joliment encadrée. On y distinguait une très belle femme d'âge mûr prenant la pose sous un soleil d'été.

– C'est elle, aux Canaries, je crois ; l'année dernière, ou celle d'avant, je ne sais plus.

Il avait le regard triste.

– On n'est pas vraiment fâchés. De temps à autre, elle m'écrit. Quand elle en aura marre, elle reviendra.

Jhemp se leva et alla retirer l'une des cartes épinglées au mur avant de la remettre à Joao.

Il la lut. Une belle écriture ronde.

« Bons baisers de Porto. J'espère que tu vas bien. Maggy »

– Vous lui avez parlé récemment ?

– Elle m'a appelé après Noël. Pour me souhaiter une bonne année. Je n'ose pas lui dire, mais cela me fait plutôt de la peine. Je préférerais qu'elle ne m'appelle plus.

Il reprit la carte et la regarda tristement.

– Puis, pour votre histoire, si Maggy était encore là, elle se souviendrait peut-être de quelque chose... Elle était là à l'époque. Quand elle m'appellera, vous voulez que je lui en parle ?

– Oui, pourquoi pas ?

Le policier se leva, abandonnant sur la toile cirée sa tasse à moitié vide et une carte de visite.

– Je suis désolé de vous avoir dérangé. Merci pour le café. Si vous pensez à quoi que ce soit, contactez-nous, même pour un simple détail.

– Je vais réfléchir. Mais vous savez, ma mémoire, c'est plus vraiment ça.

Pauvre gars. Joao ne put s'empêcher de songer à son grand-père. Il était resté seul des années après la mort de sa femme. Lui aussi dégageait toujours cette tristesse, cette impression d'abandon, de perte de repères... Mais à la réflexion, être triste et paumé n'empêche en rien d'être un assassin.

Pour l'instant, dans ce village, il soupçonnait tout le monde.

Treize heures.

Quelques kilomètres en contrebas, dans la cité toute proche, Mike et Joao étaient installés à l'une des tables de l'ex-Giorgio. Cette pizzeria, ils la connaissaient depuis toujours et elle était à Echternach une véritable institution. En cette morte-saison, elle survivait avec ses habitués et tous, du personnel aux clients, semblaient se connaître.

Mike avait commandé une pizza Diavolo, Joao un tri di pasta. Le brouhaha qui régnait dans le restaurant obligea Mike à se pencher pour s'adresser à Joao sans élever la voix.

– Alors ? Tu en penses quoi du fils Hoffmann ?

– Sans intérêt. C'est un type qui ne songe qu'à sa prochaine retraite. S'il avait un meurtre sur la conscience, il ne nous aurait pas rembarrés avec autant d'allant. Le moins qu'on puisse dire, c'est qu'il n'aimait pas trop sa sœur. « Mythomane et aguicheuse », qu'il a dit. Sympa le frangin ! C'est la seconde fois qu'on emploie ce terme à son sujet... Aguicheuse avec qui ?

– Il n'a pas précisé. Il dit que sa sœur s'est tout simplement barrée... Et les Thill ?

– Même topo. Eux non plus n'appréciaient pas cette gamine. J'ai pourtant eu une impression désagréable. Ils cachent quelque chose.

– Sans doute. Ce village est probablement à l'image du pays. Tout le monde se connaît, mais pour des étrangers, il n'est pas facile d'en pénétrer les secrets.

Joao tourna distraitement sa fourchette dans ses pâtes.

– Je pense que quand nous aurons le résultat des analyses ADN, nous allons devoir convoquer tout ce beau monde.

– Euh, au fait, je dois te dire un truc.

Mike paraissait gêné.

– Quoi donc ?

– Ce soir, je sors avec l'archéologue.

– Anna Brückner ? Désolé, mais tu dois annuler. Elle est impliquée dans l'enquête. La déontologie, mon vieux.

– Tu rigoles ?

Joao sourit.

– *Natierlech* !

Et Mike d'éclater de rire, avant de lancer à son ami :

– À propos, où tu en es avec Selma, ton Iranienne ?

– Envolée ! Elle travaille aux États-Unis, à Los Angeles, pour une association internationale. Elle a essayé de m'expliquer, je n'ai pas bien compris. Je n'ai pas bien compris non plus pourquoi elle était partie.

– Tu lui en veux ?

– Oui, un peu.

Mike n'aimait pas Selma. D'après lui, une capricieuse qui faisait tourner son copain en bourrique.

– Tu ferais mieux de passer à autre chose.

Joao sortit de sa poche une carte postale reçue la veille.

– Elle m'a écrit.

C'était une vue de la baie de Santa Monica. Le timbre représentait le May Flower et était oblitéré « US Postage ». Pour tout message, il y avait seulement quelques mots écrits à l'encre bleue.

« Bisous de Los Angeles. Selma ».

Cette carte était comme une petite fenêtre sur le monde, semblable à celles qui ornaient les murs du pauvre Jhemp. Un rappel laconique de ce qu'il y avait eu entre cette fille et Joao.

Il lui faudrait s'en contenter.

V.

Les deux OPJ [1] traversèrent la place du marché en direction du commissariat où ils avaient laissé leur Audi. En cette saison, Echternach était une ville morte, du moins dans le centre. Magasins fermés, chantiers. La vie économique semblait avoir déserté la cité millénaire pour s'installer ailleurs, en périphérie. Seule la pharmacie attirait encore quelques clients.

– Alors, on rentre à la PJ ?

– Oui. Je ne vois plus rien à faire ici pour aujourd'hui.

Ils roulèrent un moment en silence. La pluie s'était remise à tomber et, par endroits, la route scintillait comme un miroir. Arrivé à hauteur d'Altrier, on distinguait au loin les vapeurs de la centrale de Cattenom s'élever dans le ciel gris. Puis, ce furent les antennes de RTL qui se dressèrent à l'horizon. Le plafond était si bas qu'elles semblaient percer les nuages. Après un bref passage par le contournement et le rond-point Iergäertchen, ce fut le retour rue de Bitbourg.

Un homme faisait le pied de grue devant leur bureau. Même de loin, on le reconnaissait de suite aux reflets de son crâne chauve. Brandensted.

Il tendit à Joao une chemise plastifiée.

– Voici mes commentaires sur le corps découvert à Blummenhaff. En attendant l'autopsie de Hambourg, cela restera un rapport intermédiaire, bien entendu.

Joao fronça ses épais sourcils.

---

[1] Officiers de Police Judiciaire.

– Et quelles sont vos conclusions… « intermédiaires » ?

– Le sexe et l'âge approximatif, vous les connaissez déjà… Par contre, je peux vous annoncer que j'ai identifié la date du décès de cette jeune fille, à quelques jours près du moins.

– Ah ?

– Fin avril, début mai 1986.

– Comment pouvez-vous être aussi précis ?

– Dans la terre autour du corps, le LNS a relevé des traces de Cesium-137.

– Quel est le rapport ?

– Tchernobyl cela vous dit-il quelque chose ? Il n'y avait que les Français pour croire que le nuage s'arrêterait à leur frontière. Ici, nous avons eu droit à notre dose de particules. Rien de très dangereux, ma foi, mais assez pour que cela laisse des traces. Donc, je vous le confirme : ce corps a été enterré à l'époque… avril, mai 1986 !

– C'est alors qu'a disparu la petite Tessy ! Est-ce que le cadavre correspond à sa description ?

– Cela se pourrait. Même taille. Un âge possiblement similaire. L'idéal serait maintenant de procéder à une analyse ADN et de le comparer avec celui de la famille, mais vous savez que le juge Folmer est quelque peu allergique à ces techniques scientifiques.

– Peu importe. Je le prends sur moi. Allez-y !

– J'ai également effectué un examen de la boucle d'oreille. Celle-ci porte un poinçon des douanes françaises. Mieux encore, c'est celui bien identifiable d'un maître joaillier de Grenoble.

– Vous avez son nom ?

– Il est dans le rapport : Henri Chaveau, rue Jean-Jacques Rousseau.

– Bien, merci... merci, Docteur !

On ne savait pas exactement en quoi Brandensted était docteur, mais ce titre, il y tenait ! Joao l'avait compris : le mentionner de temps à autre flattait son ego et accélérait les choses ! Dans quelques jours, grâce aux analyses ADN, l'identité de la victime serait probablement établie avec certitude.

VI.

Joao Da Costa avait du mal à remettre de l'ordre dans ses idées. En débarquant dans ce village tranquille avec ses questions, en y réveillant de vieilles histoires, il avait l'impression d'avoir donné un coup de pied dans une fourmilière. Il s'adressa à Mike.

– Maintenant qu'on en sait un peu plus sur la victime, je voudrais voir les parents Hoffmann. Ils arrivent avec le vol de 16 heures. Tu peux me les cueillir à l'aéroport et les amener ?

– Pourquoi être si pressé ? Tu les soupçonnes ? Tessy était quand même leur fille !

– Tu serais étonné du nombre de cas où les parents y sont pour quelque chose !

Plusieurs affaires assez glauques lui revinrent en mémoire.

– À la réflexion, tu n'as sans doute pas tort.

Une heure plus tard, Mike s'annonçait à la réception avec le couple Hoffmann. Joao les prit en charge. Comme les époux Thill, ils étaient âgés, mais ce fut d'un pas encore alerte qu'ils suivirent le policier dans le couloir menant à la salle d'interrogatoire.

– Prenez place. Vous désirez boire quelque chose ? De l'eau ? Un café ? Je vous préviens, c'est celui de l'automate et il n'est pas terrible.

Tous deux firent « non » de la tête.

La femme avait un gros nez qui lui enlaidissait le visage. Le bronzage faisait ressortir plus encore cet inélégant appendice. Quant au mari, c'était un petit homme replet dont les cheveux étaient trop beaux pour être vrais. Une perruque qu'il devait fixer à la colle, car elle montait et descendait en rythme avec ses sourcils. Ils étaient hyper chics, comme s'ils revenaient d'un mariage. Monsieur portait un veston qui devait coûter bonbon, madame un tailleur Chanel. Négligemment, elle posa sur le bureau un sac de chez Delvaux.

– Il paraît que vous avez du nouveau pour notre fille ?

Wagner entra à son tour dans la pièce, un gobelet de café à la main. Il ouvrit son PC.

– Votre fille ?

– On est au courant pour le corps qu'on a retrouvé au village.

– Qui vous a informé ?

– C'était sur Internet. *L'Essentiel* en a parlé. Et ils ont bien dit que c'était une fille.

– C'est beaucoup trop tôt pour affirmer qu'il s'agit de la vôtre.

Ils paraissaient étrangement calmes.

– Vous savez, expliqua le père Hoffmann d'un air détaché, en plus de trente ans, on s'est fait un peu une raison.

Joao restait impassible. Ne rien dire, ne pas répondre, ne pas relancer. En général, les gens ont horreur du silence et ils se mettent alors à parler sans qu'on doive les y pousser.

L'homme lança un regard à son épouse.

– On doit vous dire… notre fille était une ado difficile. Très difficile. On ne savait plus quoi en faire. Dès qu'elle a eu dix-huit ans, elle s'est tirée. Vous avez des enfants, inspecteur ?

… Silence.

– Non sans doute, vous êtes trop jeune. Vous ne pouvez pas comprendre.

Seul le bruit de Mike qui pianotait sur son clavier semblait lui répondre.

– Vous l'avez certainement entendu au village, qu'elle était pénible. Non ? C'est Irma Thill, cette vieille sorcière, je parie !

Da Costa se pencha sur la table et inclina la tête.

– Et cette fille qui s'est tirée, comme vous dites, n'a plus donné de ses nouvelles depuis trente ans ?

– Non, jamais, et c'est tant mieux. On essaye d'oublier.

– A-t-elle été blessée quand elle était plus jeune, une fracture, par exemple ?

– Cela ne me dit rien.

– À l'épaule ?

– Elle était un peu casse-cou. Un vrai garçon manqué... Mais une fracture, non, je ne vois vraiment pas.

– Avait-elle des boucles d'oreilles ?

– Oui, des petits anneaux en or.

– Avec des brillants ? Des perles ?

– Non. Des petits anneaux, tout simples. Si je me souviens bien, nous les lui avions offertes pour ses seize ans.

– Si vous êtes d'accord, nous souhaiterions effectuer sur vous un prélèvement ADN.

– Bien.

– Je vous remercie. Mon collègue, monsieur Brandensted va s'en occuper. Si c'est votre fille, nous le saurons. Mais je vous le répète : à ce stade, nous ne sommes sûrs de rien. Nous vous tiendrons au courant.

Mike lança l'impression de l'audition et la présenta aux époux Hoffmann. Ils la signèrent sans broncher.

– Au fait, ajouta Wagner. On m'a dit aussi que vous aviez à une époque loué votre chalet à des vacanciers.

– Oui. Mais on ne le fait plus. Trop de problèmes.

– Qui vous louait le chalet à l'époque ? En avril, mai 86 ?

– Des touristes.

– Qui ?

– C'est mon père qui s'en occupait. Il n'y avait pas encore d'Internet. Tout se faisait par téléphone et par courrier. Je n'ai rien gardé.

C'est Mike qui raccompagna les Hoffmann. Arrivé sur le parking, il les regarda s'éloigner vers leur voiture. Une Mercédès flambant neuve.

Il revint au bureau, quelque peu troublé par cette entrevue.

– Tu as remarqué ? On ne peut pas dire qu'ils étaient écrasés par le chagrin. On leur aurait annoncé qu'on avait retrouvé leur chat crevé il y a vingt ans, que cela leur aurait fait le même effet.

– Oui, aucune émotion, et pas nerveux non plus... Curieux !

– J'aimerais vraiment savoir de quoi vivent ces gens. Tout comme les Thill, on dirait qu'ils pètent de fric.

– À tout hasard, je vais me renseigner. J'ai un bon contact dans le milieu bancaire, mon ami Éric Calteux. Il pourra nous donner quelques éclaircissements sur les finances de tout ce petit monde. En passant, tu as bien fait de demander pour les locations. Tu as remarqué qu'il n'y en a aucune trace dans le dossier de 86 ? S'il y avait alors des étrangers dans le village, cela vaudrait la peine de le savoir !

– On n'a qu'à poser la question à la vieille Thill... Elle passe son temps à espionner tout le monde.

– Bien vu.

Da Costa se tourna vers le jeune Freichel.

– Pit ? Tu peux vérifier si une certaine Irma Thill a un téléphone. Je ne la trouve pas sur Editus[1].

Après avoir pianoté une minute, Pit Freichel déposa un Post-it sur le bureau de Joao.

Autant extérieurement il avait l'air gauche, autant devant un écran, ce garçon se montrait particulièrement dégourdi.

Joao composa le numéro. La sonnerie s'interrompit rapidement.

– Allo ?

Une voix criarde reconnaissable entre toutes.

– Madame Thill ? C'est la police. Inspecteur Joao Da Costa. La voiture mal garée, vous vous rappelez ?

– Bien entendu. Je vous l'ai déjà dit, je suis peut-être vieille, mais ne suis pas sotte !

– Madame Thill, avez-vous gardé le souvenir de ce qui s'est passé chez vous en 1986, avril, mai ? Il y avait du monde dans le chalet de vacances des Hoffmann ?

Elle ne réfléchit pas longtemps.

– Oui, il y avait un homme, seul. Ce n'était pas la première fois qu'il venait. Je crois que c'était un Français, mais je n'en suis plus trop certaine. Il faudrait que je vérifie.

– Essayez s'il vous plaît. L'idéal serait de retrouver son nom. Vous nous rendriez un grand service.

---

1 Annuaire en ligne luxembourgeois.

Il y eut au bout du fil ce qui ressemblait à un grognement.

– Bon, mettons.

– Je vous rappelle demain.

Da Costa coupa la communication.

– Pfff, soupira-t-il, toujours aussi désagréable, cette bonne femme !

Mike, lui, s'interrogea.

– Tu crois qu'elle pourra nous donner un nom ? Cela date d'il y a presque trente ans !

– Elle le pourra. J'en suis certain. C'est une vraie espionne de la Stasi. Probablement l'a-t-elle déjà en tête ce nom. Elle nous fait poireauter uniquement dans le but de nous emmerder.

– En tout cas, on en a assez fait pour aujourd'hui. Je me taille.

– Moi aussi, je vous quitte, dit Pit en se levant. J'ai une conf avec des potes sur le Net.

Ce drôle de petit bonhomme avait donc des amis.

Mike termina de ranger ce qui traînait encore sur son bureau et mit sa veste.

– Tu viens, Joao ?

– Un dernier coup de fil et j'arrive.

Mike Wagner et Pit Freichel quittèrent le bureau.

Joao les écouta distraitement discuter en s'éloignant, puis il saisit une nouvelle fois son téléphone. Il y avait un des habitants du village avec lequel il aurait encore voulu parler. Peut-être le seul du hameau à avoir trouvé grâce aux yeux de Luisa, l'ex-copine de sa sœur.

– Monsieur Jean Thill ?

– C'est lui-même.

Une voix grave, assurée. Un type sûr de lui.

– Da Costa, Police judiciaire.

– Je sais pourquoi vous appelez. Ma mère m'a prévenu.

Il était inutile de perdre son temps en préliminaires.

– Je voulais vous parler de Tessy Hoffmann. Vous l'avez bien connue ?

– Oui. Comme ci comme ça. Tessy, c'était la fille des voisins.

– Elle devait avoir votre âge, non ?

– Oui. En effet. Nous avons été à l'école ensemble. Les premières années, du moins.

– Et après ?

Il hésita.

– On s'est un peu perdu de vue.

– Perdu de vue dans un village qui doit compter trois maisons et une ferme ?

– Oui, je veux dire, on se voyait moins. Elle était en technique.

– Vous en pensiez quoi ?

– De qui ?

– D'elle, bien sûr.

– À quel point de vue ?

Qu'est-ce qu'il a à me balader ce type ?

– Je vous écoute !

– Bien... euh, je...

– Vos parents la traitent de petite aguicheuse.

– C'est peut-être exagéré.

– Elle aurait pu fuguer ?

– Oui. Ça ne se passait pas bien chez elle.

– Vous pourriez préciser ?

– Des problèmes avec le vieux. Celui qui est mort il y a dix ans. Le grand-père.

– Quels genres de problèmes ?

Pas de réponse. Joao attendait.

– Alors ?

– Je ne sais pas. Je ne vois pas quoi vous dire de plus. Ce sont de vieilles histoires.

– Ça, je l'avais bien compris.

– Et votre sœur Susy ?

– Quoi, ma sœur ?

– Elle a connu Tessy ?

– Non, elle vit en France depuis qu'elle est toute petite. On n'a plus trop de contacts.

– Vous avez son numéro.

– Demandez à mes parents.

– Vous n'avez rien d'autre à me dire au sujet de cette affaire ?

– Non, je ne vois pas.

Da Costa raccrocha. Il fit une grimace.

Ce gars en sait plus que ce qu'il nous raconte. C'est certain.

À l'étage, le bruit des conversations et des téléphones s'était tu. La plupart des collègues avaient quitté le bâtiment. Il y régnait maintenant une étrange quiétude.

Joao rassembla ses affaires et évacua le bureau à son tour. Il ne voyait toujours pas clair dans cette histoire. Trop d'inconnues et, il le sentait, trop de mensonges.

Mais à chaque jour suffit sa peine.

VENDREDI

I.

Il était cinq heures trente du matin quand le téléphone de Joao se mit à vibrer, sortant brutalement celui-ci de son sommeil. Il consulta l'écran d'un air dubitatif... Mike. Ce n'était pas dans ses habitudes d'être si matinal.

Da Costa prit l'appel, encore à moitié endormi.

– Mike ? Tu es tombé de ton lit ?

– J'ai eu un message de l'archéologue.

– Ta copine t'a déjà largué ?

– Non, c'est sérieux. Cette nuit, quelqu'un est venu sur le site et a foutu le bordel. On devrait y aller.

– Bon, fit Joao résigné.

– Je passe te prendre.

Da Costa se leva, trébucha sur ses chaussures qui traînaient dans le chemin, attrapa ses vêtements de la veille au passage et finit sa course dans la salle de bain. Dix minutes plus tard, il était au bas de l'immeuble. Les honnêtes citoyens étaient encore au lit et le silence régnait dans le quartier, jusqu'à ce que Mike débouche en trombe dans la rue et s'y arrête dans un crissement de pneus.

– Je mets le gyrophare ?

– Inutile, je préfère qu'on reste discrets, si c'est encore possible. En plus, la route est libre.

La vraie raison, c'était qu'avec le gyro, Wagner roulait à tombeau ouvert et Joao avait horreur de ça.

Il ne leur fallut d'ailleurs qu'une demi-heure pour atteindre le plateau qui bordait Blummenhaff. Ils s'engagèrent prudemment sur la petite route goudronnée. Le jour n'était pas encore levé et Anna Brückner leur apparut brusquement tel un spectre dans la lueur des phares.

Elle était seule. Les mains dans les poches, elle les regardait s'approcher.

Ils s'arrêtèrent et descendirent de voiture.

– *Moien* Anna. Que se passe-t-il donc ?

– Voyez vous-même.

Ils parcoururent le chantier, leur GSM allumé à la main. À la lumière des flashs, ils découvrirent un spectacle affligeant. Les bandes « Police » avaient été arrachées et gisaient dans la boue ; les piquets et les cordeaux qui quadrillaient le terrain étaient dispersés ; les deux tentes blanches des archéologues avaient été renversées et piétinées ; plusieurs tranchées, enfin, étaient effondrées.

– Merde ! Quel bordel ! Ça a eu lieu quand à votre avis ?

– Cette nuit. Vers trois ou quatre heures. C'est madame Thill qui m'a appelée pour m'informer qu'il y avait du grabuge sur le chantier. Elle y avait aperçu de la lumière.

– Vous avez marché là-dedans ?

– Je m'en suis bien gardée.

Joao se tourna vers Mike

– On appelle Brandensted. Il pourra peut-être en tirer quelque chose.

Da Costa se pencha sur des marques laissées dans la glaise.

– Des bottes ou des bottines. Du 43, du 44, peut-être. Un homme. Ça peut être n'importe qui du village. Malheureusement, ces traces mènent sur l'asphalte de la route, puis elles se perdent.

Un homme... excédé par notre enquête. Il ne voulait pas qu'on le trouve, ce corps. Il le croyait enfoui pour l'éternité. Maintenant, il panique.

– Tu vas où ? s'inquiéta Wagner en voyant son ami s'éloigner.

– J'ai besoin de réfléchir. Retrouve-moi au village.

Le jour lentement se levait. Le ciel avait pris à l'est une vilaine couleur grise. Da Costa partit vers le hameau. Sous une pâle lumière, il longea les champs, des terres encore mortes où sautillaient des corbeaux. Le Luxembourg était souvent triste l'hiver. À force d'y vivre on finissait parfois par l'oublier. Mais il restait en Joao quelque chose du pays de ses ancêtres, une soif de soleil, de lumière qu'il ne parvenait pas à étouffer. De temps à autre, une neige opportune le consolait. Nimbé de blanc, le paysage retrouvait un peu de magie, une illusion que le brouillard et la bruine noyaient hélas rapidement. Ici, cette ambiance lugubre était plus forte encore. Quelques maisons, une ou deux fermes, des hangars de tôles, des étables vides. Et des gens qui presque tous mentaient, ou pire, avaient tué. Que la vie dans ce hameau devait être sinistre !

C'était étrange. Ainsi, après avoir vécu dans un bled comme celui-ci, Mike était devenu citadin, fréquentant les bars et les boîtes de la capitale. Oublié ce passé campagnard, la solitude des champs et des prés, la compagnie des vaches et des filles de fermiers. Son enfance devait resurgir à l'occasion de cette enquête. Joao sentait d'ailleurs son ami un peu morose.

... De mauvais souvenirs sans doute. Qu'il se console avec son archéologue, cela lui fera le plus grand bien.

Le policier fit un arrêt devant la maison des Thill. Haute, fraîchement repeinte, elle se démarquait des habitations voisines. En particulier de celle de la grand-mère qui en paraissait terne et toute ratatinée, comme son occupante d'ailleurs. Là, justement, un rideau venait de bouger. On l'observait. Irma Thill. Évidemment.

Chez les Hoffmann, les parents, tout semblait mort. Les volets descendus, les meubles de jardin recouverts d'une bâche verte. Un peu à l'écart, la maison du fils Hoffmann était une construction toute récente.

Une espèce de boîte à chaussure, un délire d'architecte, à moins que ce ne soit un copier-coller de ces horreurs modernes sans âme qui poussent un peu partout dans le pays.

Le fils Jean Thill avait eu plus de goût et faisait dans l'exotisme. Il logeait dans une sorte de chalet alpin.

Pour peu on s'attendrait à en voir surgir un Tyrolien en culottes de peau.

À part le bruit d'un tracteur dans le lointain, il régnait un silence presque total. La brume du matin couvrait encore l'orée du bois, laissant entrevoir quelques arbres tordus et nus. Par-ci par-là, des tas de neige grise rappelaient que l'hiver avait été rude.

Dans tous ces petits villages, perdus dans la campagne, combien de sombres secrets, de haines tues, de drames oubliés ?

Un coup de klaxon tira Joao de sa rêverie. Mike s'était rapproché avec l'Audi. Il avait baissé sa vitre et le regardait, amusé.

– Alors, tu viens ?

Il chassa d'un geste de petits cristaux qui s'étaient déposés sur son blouson.

– Ouais...

Un peu absent, Da Costa rejoignit son ami, s'assit et claqua la portière.

– Bon, on y va ?

– Tu faisais quoi ?

– J'observais, je réfléchissais.

– Alors, tes conclusions ?

– Je n'aime pas ce patelin.

– Ça, tu l'avais déjà dit ! Et d'ailleurs, je ne l'aime pas non plus !

II.

Les deux inspecteurs arrivèrent au bureau vers neuf heures. Habituellement, le vendredi était une journée plutôt calme ; la plupart des collègues se voyaient déjà en week-end. Il fallait rarement s'attendre à être bousculé. Pourtant, Wagner et Da Costa étaient à peine installés que Caro fit son entrée dans le bureau, aussi essoufflée que si elle avait couru un 100 mètres.

– Tout le monde en salle de réunion, les gars !

Elle agitait ses bracelets, donnant à cette invitation un caractère particulièrement impératif.

– Qu'est-ce qui se passe ?

– L'histoire de notre collègue qui s'est fait descendre !

– Ça ne nous concerne pas.

– Araujo a dit tout le monde. Et tout le monde, c'est vous aussi !

En effet, la salle de réunion était pleine. Joao nota immédiatement la présence de la patronne de la CPS et surtout de l'adjoint du directeur. C'était la première fois qu'on le voyait se joindre à ce genre de meeting.

Le commissaire Araujo était très nerveux. Plus encore que d'habitude. Il avait dû se faire tancer par la hiérarchie. D'emblée, le ton fut donné. C'est surtout Turini qui en prit pour son grade. L'enquête piétinait lamentablement et son prestige s'en ressentait. Après trois jours de recherches dans les images des rares caméras de la ville, Weis et lui n'avaient trouvé qu'une seule photo du suspect. De dos, de loin, floue, elle était si mauvaise que le Grand-Duc lui-même aurait pu faire l'affaire. Quant aux témoins, ils juraient tous leurs grands dieux qu'il s'agissait d'un étranger, mais leur description si vague incriminait, de l'Afrique à l'Asie, la moitié de la planète.

Araujo s'énervait.

– On parle de nous sur RTL, et pour dire quoi ? Qu'un tueur de flics court les rues ! Vous avez une piste ? Hein ? Non, rien du tout ! Et je vais raconter quoi à la direction ?

– Nous pensons, avança timidement Turini, qu'il s'agit de quelqu'un qui veut s'en prendre à la police comme symbole. Arsène Schmitt se rendait à une remise de décorations en grand uniforme, c'était une victime toute désignée. Notre collègue aurait donc pu être tué au hasard ! Nous avons d'ailleurs retrouvé trois autres agressions de policiers ces dernières années.

– Oui je suis au courant. Mais c'étaient des coups et blessures, pas des assassinats... Cherchez ailleurs ! Vous pataugez, je le vois bien !

L'engueulade par Araujo se poursuivit un quart d'heure. Il prit la décision de s'impliquer personnellement et de compléter l'équipe par deux autres gars, lesquels accueillirent cette promotion sans enthousiasme. Travailler avec Turini, ce n'était pas un cadeau. Araujo lui-même risquait de s'en rendre compte.

Mike et Joao pensaient avoir échappé au courroux de leur patron, mais la réunion à peine terminée, le commissaire les rattrapa dans le couloir et les pointa d'un doigt menaçant :

– Et vous deux, réglez-moi cette affaire de momie rapidos. J'ai besoin de tout le monde sur le pont, et pour des choses plus sérieuses !

Piqué au vif, Da Costa répliqua :

– Je te rappelle que c'est toi qui as décidé de confier cette enquête à Turini.

– Ne viens pas m'emmerder avec ça. Ce n'est pas le moment !

– Et si Turini ne trouve rien ?

– Nous en reparlerons alors.

Vu l'état d'énervement dans lequel était Araujo, il était inutile de poursuivre la discussion.

Les deux policiers quittèrent la réunion de fort mauvaise humeur.

Retour au bureau.

Quand Joao s'assit, il remarqua sur l'écran de son smartphone une petite icône qui clignotait. Un nouveau message. Un certain Gérard.Blanchard@shop-ins.com... inconnu !

Da Costa cliqua sur le titre et un texte laconique s'afficha.

« les Hoffmanns son des crapule »

Intéressant ! Apparemment on a encore réveillé quelqu'un !

– Pit, tu peux me retrouver quelle-est la personne qui m'a envoyé ce mail pourri bourré de fautes d'orthographe ?

Le gamin releva la tête.

– Je vais vous dire ça vite fait. C'est quoi l'adresse ?

Joao lui transféra le mail.

Le petit Pit était dans son élément. Il ne fallut que quelques minutes avant qu'il ne revienne vers le policier.

– Cette boîte aux lettres a été hackée. Votre mail, ce n'est pas Gérard Blanchard qui l'a envoyé. Son adresse et son mot de passe circulaient sur le Darknet et quelqu'un les a utilisés.

– Alors, en réalité, il vient d'où ce message ?

– Impossible à dire. Qui connaît votre adresse perso ?

– Pas mal de monde, en fait : mes amis, mes collègues... et les gens que je contacte officieusement dans mes enquêtes.

– Vous devriez pour ces cas-là vous créer une adresse différente. Bonne chance maintenant pour identifier d'où vient la fuite. Si vous voulez, je continuerai à chercher.

– Oui, bien entendu, continue… mais fais-le avec ton PC personnel. Je ne tiens pas à avoir des ennuis avec le CTIE[1] !

Joao se tourna vers Mike.

– Une chose est certaine, ce mail infect est lié à l'enquête.

– Je t'avais bien dit ce qu'il fallait penser des petits villages.

– Dis pas de conneries, tous les petits villages ne sont pas comme ça !

– Évidemment. Mais celui-ci en particulier a des secrets et je crois qu'on a mis le doigt où ça fait mal.

La matinée de vendredi fut décevante. Elle n'apporta rien de nouveau. Irma Thill ne répondit pas au téléphone, et les recherches qu'effectuèrent Joao et Mike dans les archives ne révélèrent aucune indication intéressante. On avait à l'époque mené toutes les investigations nécessaires. Espérer découvrir une faille dans cette vieille enquête semblait vain. Quant aux avis de recherche qu'avait lancés Pit sur le net au sujet de Tessy Hoffmann, cela avait donné lieu à pas mal de commentaires, notamment d'anciens camarades de classe. Pourtant, aux yeux de tous, elle paraissait s'être littéralement volatilisée : personne au pays n'avait revu cette fille depuis 1986.

---

1 Centre des technologies de l'information de l'État luxembourgeois.

Alors quoi ?

Joao resta une demi-heure à ruminer en surfant sur son téléphone.

Vers onze heures, il se leva brusquement et quitta le bureau.

– J'ai un truc à voir.

– Tu vas où ?

– C'est rien, je t'expliquerai...

– Merde, se dit Wagner, le voilà qui me fait des cachotteries.

Joao Da Costa revint vers 13 heures. Avec des sandwichs qu'il distribua à ses deux collègues.

– Où étais-tu donc passé ?

– Aux archives, puis au shop.

– Tu foutais quoi aux archives ?

– Devine...

– Je parie que tu veux mettre ton nez dans les affaires de Turini et de Weis.

– Évidemment ! Parce que nos amis se plantent ! Ils s'agitent comme des poulets sans tête, mais ils n'ont aucune piste sérieuse ! Je ne crois pas que Schmitt a été tué au hasard. Simplement parce que quelqu'un voulait se faire un flic. Il a été abattu à Bonnevoie, dans sa rue, là où quelqu'un l'attendait. J'en suis persuadé, c'est lui qu'on visait !

– Et pour quelles raisons ?

– Arsène Schmitt a derrière lui plus de trente ans de bons et loyaux services, et pas mal de types ont fini en taule au terme de ses enquêtes. De quoi se faire des amis !

– Je ne le connaissais pas. Dans tout ça, il y a eu de grosses affaires ?

– Oh que oui ! J'en ai identifié trois : Jean Dutrieux, il avait assassiné en 1997 sa comptable pour couvrir ses magouilles ; en 2002, Weimerkirsch qui avait tué sa petite amie ; et enfin, les frères Ali et Amir Allouche, auteurs en 2012, d'un braquage sanglant à Metz, le seul raté de sa belle carrière. Ils s'étaient réfugiés chez nous après leur coup. Schmitt les a retrouvés, il leur a même tiré dessus, mais ils ont réussi à filer et ce sont finalement les Français qui les ont arrêtés.

– L'un de tous ces clients se serait vengé ?

– C'était tentant de le penser, mais je me suis renseigné : Jean Dutrieux est toujours à Schrassig. Weimerkirsch s'est suicidé en prison. Quant aux frères Allouche, l'aîné a été abattu par le GIGN l'année dernière après avoir pris un gardien en otage et son frangin, Amir, pourrit sans doute encore en taule.

– Fausse piste ?

– À voir. Ça demande réflexion.

Un moment plus tard, alors que Joao terminait son sandwich, un coup de fil vint subitement raviver son intérêt pour le mystérieux squelette. Son ami Éric Calteux, le petit roi de la finance, avait, semble-t-il, découvert quelque chose.

– Tu as du nouveau ?

– Peut-être. Je ne sais pas si cela va t'aider. J'ai un peu creusé dans les affaires de ces gens de Blummenhaff.

– Et ?

– Tu peux me croire. Les couples Hoffmann et Thill dorment tous les deux sur un tas d'or. Les Thill ont eu des rentrées phénoménales ces dernières années. Apparemment des ventes de terrains agricoles passés en zone constructible. Il y a aussi de nombreux versements en liquide. Tout cela éparpillé sur plusieurs banques. Avec sans doute des comptes à l'étranger, mais à ceux-là, je n'ai aucun accès.

– Et les Hoffmann ?

– Ces braves gens ont eu des revenus réguliers en provenance de centrales d'achats de la grande distribution. Une vraie fortune. Ici aussi, il y a pas mal de mouvements à l'international, essentiellement des versements vers la Pologne.

– La Pologne ?

– Oui, avec des sociétés de courtage.

– De courtage en quoi ?

– De l'alimentaire et de l'agricole, je n'en sais pas plus. Ça a duré jusqu'au début des années 2000, puis ça s'est arrêté, peu après qu'aient cessé aussi leurs activités avec la grande distribution.

Louche, curieux... mais quel est le rapport avec ce corps ?

Joao remercia son copain et raccrocha.

Un nouveau mail venait d'atterrir dans sa boîte aux lettres.

Expéditrice, une inconnue : Patricia_Chen@Chen-Sales.ca

« les Hoffmanns son des crapule, c'est là k'il faut cherché. »

Un autre message suivait. Cette fois d'une certaine Kate_ww@gmail.com.

« Les Hoffmanns on tué Tessy ».

Joao perdit patience.

– Pit, *nondikass* ! Tu ne peux vraiment pas me trouver d'où viennent ces mails merdiques ?

– Je suis désolé, monsieur Joao, mais j'y arrive pas. C'est blindé. Celui qui a fait ça utilise un proxy. Il passe par la Russie et peut-être un autre pays encore.

– Et si tu vérifiais qui dans le village fait joujou sur Internet ? Ils doivent passer par des serveurs, le réseau public, un truc du genre ?

– Oui, j'y ai songé. Je peux vous dire qu'on peut éliminer celui qui s'appelle Jean-Pierre Weiler. Il a bien un ordinateur, mais n'a pas utilisé le réseau depuis des jours.

– Vu l'orthographe, intervint Mike, j'aurais pourtant pensé à lui.

– Non Mike, la ficelle est trop grosse. N'importe qui, même un académicien, peut produire un mail truffé de fautes. Tu as remarqué qu'au milieu de toutes ces énormités, il prend la peine de mettre un accent sur le « à » ? Bizarre pour un illettré, non ?

– Et les autres ?

Pit Freichel secoua la tête.

– À part le monsieur et la madame Hoffmann qui étaient à l'étranger, ils ont tous utilisé intensivement le Net, mais impossible pour moi de voir ce qu'ils y font, je devrais hacker les serveurs de la poste.

– On va peut-être éviter.

– De toute façon, monsieur Joao, celui qui joue ainsi sur le Darknet est bien trop malin pour se faire prendre aussi bêtement.

– Bon, c'est bien Pit... continue tes recherches.

À ce moment, le téléphone sonna. Le central.

– Inspecteur Da Costa ? J'ai ici une personne qui veut absolument vous parler. Je pense que c'est au sujet d'un avis sur Internet. Je n'ai pas bien compris.

– Passez-la-moi !

Il y eut du bruit sur la ligne, puis un blanc. Enfin une voix féminine.

– Allo. J'appelle au sujet de Tessy Hoffmann, la fille que vous recherchez.

– Je vous écoute.

– Tessy Hoffmann, c'est moi...

IV.

Joao était resté un instant muet de surprise.
Tessy Hoffmann... vivante !?

Sa correspondante poursuivit.

– C'est un ami qui m'a prévenue. Je préfère vous appeler de suite pour mettre un terme à tout ce raffut.

– Où étiez-vous passée pendant toutes ces années ? Mes collègues de l'époque ont remué ciel et terre pour vous retrouver. Pour beaucoup, dont moi, vous étiez morte !

– J'ai changé de nom, je me suis mariée et je vis aux États-Unis. Je ne veux plus rien avoir à faire avec le Luxembourg, et encore moins avec ma famille !

Joao se fit cynique.

– Pourquoi ? C'est le climat qui ne vous plaisait pas ?

Il y eut un silence. Le décalage ou plus simplement une hésitation.

– Si vous voulez tout savoir, j'ai été violée par mon grand-père pendant deux ans. Quand j'ai osé en parler à mes parents, pour seule réponse, ils m'ont envoyée en pension au Fieldgen[1] en me traitant de menteuse... alors dès que j'ai eu mes dix-huit ans, je me suis cassée !

– Vous pourriez porter plainte.

– Il y a prescription... et de toute façon, ce salaud est mort d'un cancer.

– Qu'est-ce qui me prouve que vous êtes bien Tessy Hoffmann ?

---

[1] À l'époque, pensionnat catholique pour jeunes filles.

– On connaît Facebook dans la police ?

– La police, je ne sais pas, mais moi, en tout cas, je connais.

– Mon profil, c'est Tess Orlando. Et j'ai toujours le grain de beauté sur la joue. Et si vous voulez une autre preuve, je vous envoie une photo de ma vieille carte d'identité.

Le temps qu'elle parle, Joao était déjà sur son profil. La femme souriante qui s'affichait sur l'écran avait une cinquantaine d'années, un grain de beauté et le nez épais de la mère Hoffmann.

– Pas nécessaire, je vous crois.

– Encore une chose. Si vous répétez à mes parents ce que je viens de vous apprendre au sujet de ma nouvelle vie, je reviens au Luxembourg pour vous étrangler.

– Ce ne sera pas nécessaire non plus. Cela dit, nous avons retrouvé le corps d'une jeune femme au village. Si ce n'est pas vous, alors qui est-ce ?

– Un corps ? J'espère simplement que c'est quelqu'un de Blummenhaff… Pour le reste, je vous l'ai dit, je ne sais rien et ne veux plus rien savoir de ce qui se passe là-bas !

– Bien. Merci d'avoir appelé.

Elle raccrocha, laissant Da Costa encore sous le choc.

– … Ainsi Tessy Hoffmann est vivante !

– Tu as l'air déçu ! commenta Wagner qui avait suivi, intrigué, la conversation.

– Oui, enfin non, tant mieux pour elle… mais cela ne fait pas avancer notre affaire ! On a été cons. Des débutants.

– Que veux-tu dire ?

– Il ne faut jamais se braquer ainsi dès le départ sur une hypothèse. Le meurtre qui a eu lieu il y a trente ans n'avait rien à voir avec cette fille. Si ça se trouve, obnubilés qu'on était par cette histoire, on est passé à côté de quelque chose d'important.

– Comment vois-tu la suite ?

– On reprend tout à zéro.

– Ça va nous demander du temps... le juge ne va pas aimer ça.

– *Domm gaangen. Dat ass säi Problem !* [1]

– Tu lui expliqueras cela toi-même. Caro vient d'envoyer un mail : Folmer nous attend !

---

[1] Pas de chance, c'est son problème !

V.

Seize heures. Cité judiciaire.

Le bureau du juge Folmer donnait plein sud. Il faisait chaud, mais cela ne semblait pas trop l'importuner, il avait conservé sa cravate et ses manches boutonnées. Mike, lui, suait à grosses gouttes.

Le juge plissa le front, ce qui n'était pas bon signe.

– C'est quoi cette histoire d'avis de recherche sur Internet ?

– Je l'ai fait à titre personnel

– Et bien, Da Costa, je vous dis à titre personnel que vous n'avez pas à prendre de telles initiatives !

– N'empêche, ça a marché. Elle est vivante !

– Je le sais, nous avons reçu les résultats ce matin. Ce corps n'est pas le sien.

Il se leva et retira une feuille de la pile qui trônait sur son bureau en équilibre instable.

– Da Costa, vous m'avez fait faire pour rien une analyse ADN. Vous savez combien ça coûte ces petites choses-là ?

– Pas vraiment, mais ce n'était pas inutile. Nous sommes maintenant certains que ce corps n'a aucun lien avec les Hoffmann, ça nous élimine la moitié du village... et nous avons l'ADN de la victime, cela pourra toujours servir.

– Servir à quoi ?

– Son ADN devrait nous donner une idée de sa couleur de cheveux, de celle de ses yeux. Puis, on pourrait reconstituer son visage. Je sais que c'est aujourd'hui possible.

– Vous avez les budgets pour de telles recherches ? Je ne le pense pas. Certainement pas pour un meurtre qui date du siècle dernier et dont personne ne se soucie... à part vous, bien entendu.

Folmer reprit place derrière son bureau en affichant une mine contrariée et il poursuivit :

– Je vous accorde encore une semaine. Si vous ne trouvez rien de concret, je vais être obligé de mettre ce dossier au placard !

VI.

Ils repartirent sans un mot. Da Costa parce qu'il râlait, Wagner parce qu'il songeait déjà à son week-end et qu'il n'en avait rien à faire des états d'âme du magistrat.

Reprenant la voiture, Joao laissa éclater sa mauvaise humeur.

– Il commence à me les gonfler, le juge Folmer. Et puis j'en ai marre de ces allers-retours. On n'aurait pas pu construire la cité judiciaire au Hamm ou au Kirchberg ?

– Mauvaise idée. On aurait eu le juge sur le dos encore plus souvent.

– C'est pas faux.

Quand ils arrivèrent au bureau, Pit se dressa, tel un soldat au rapport, et désigna une enveloppe déposée sur le clavier de Da Costa.

– Une dame a apporté ça pour vous.

Joao ouvrit l'enveloppe. Elle contenait une simple feuille A4 avec un texte d'une dizaine de lignes en allemand.

– C'est le rapport de Hambourg sur l'autopsie du corps.

Installé dans son siège Wagner allongea ses pieds sur le bureau.

– Eh bien, ne me laisse pas languir ! Dis-nous ce que ça nous raconte de beau !

Joao lut le document en diagonale. Il dut s'y reprendre à deux fois. L'allemand technique n'était pas son fort.

– Je résume : c'est une femme, ça, on le savait ; elle avait entre vingt-cinq et trente-cinq ans, nous nous en doutions. Plus intéressant : on a pu récupérer ce minuscule os hyoïde situé au-dessus du larynx. Il est fracturé, ce qui laisse penser à une mort par strangulation. Le corps porte également la trace de plusieurs fractures anciennes. Clavicule gauche, côtes, humérus, et métacarpes.

– C'est quoi encore les métacarpes ?

– Les os de la main. Ce pourrait être des blessures de défense. Elles sont néanmoins très antérieures au décès.

– Et c'est tout ?

– Le rapport nous dit aussi que cette femme est une Caucasienne, provenant sans doute d'Europe du Sud, France, Espagne, Italie. Son ADN n'est compatible avec aucun autre de nos fichiers.

– OK... on n'est pas bien avancé. J'ai ma dose. Et on est vendredi.

Da Costa laissa tomber le rapport et soupira.

– Moi aussi. Demain, j'ai un grill, le premier de la saison. Mais lundi, on s'y remet et on reprend tout à zéro.

– Tu as une piste ? Moi, je ne vois plus trop.

– La vieille Thill... Elle est du genre à fourrer son nez partout. Elle devait d'ailleurs nous rappeler au sujet d'un Français qui était venu dans le coin. Nous irons la titiller ; il devrait bien en sortir quelque chose.

– OK. D'ici là, bon amusement pour ton barbecue.

– J'ai horreur de ça. Tu y crois, toi ? Un barbeuc fin février ? En plus, on compte toujours sur moi pour l'allumer. Il ne prend pas, il fume trop, s'éteint trop vite, et que sais-je encore !

– Tu ne peux pas être parfait en tout.

Le téléphone de Joao sonna. Un appel extérieur sur sa ligne directe.

– Ici c'est Jean-Pierre Weiler.

Weiler. Le vieux de la ferme. Qu'est-ce qu'il me veut ?

L'homme poursuivit, hésitant.

– Excusez-moi de vous déranger, mais c'est au sujet de ce que vous m'avez demandé.

– Vous ne me dérangez pas. Je vous écoute.

– Ma femme a appelé. Vous vouliez que je lui demande si elle se souvenait de quelque chose.

– Et ?

– Elle m'a seulement dit qu'elle avait très bien connu la fille Hoffmann et qu'elle avait parlé avec elle. Son grand-père la menaçait.

– Je suis au courant.

– Elle m'a répété qu'elle était partie car l'atmosphère était trop pénible. Vous savez, ici, les deux familles Thill et Hoffmann se détestent. Elle m'aimait, mais à la longue, elle n'a plus supporté ces voisins.

– Je la comprends. Et à part ça ?

– Sinon, elle ne se souvient de rien. Elle a dit aussi qu'elle veut bien revenir pour témoigner.

– Ce ne sera pas nécessaire. Remerciez-la de ma part. Donnez-lui mon numéro, qu'elle me recontacte à l'occasion.

– Je le lui dirai.

– Merci, monsieur Weiler.

Wagner interrogea Da Costa.

– C'était qui ? Le vieux Jhemp. Il a parlé à son ex-femme.

– Quelque chose d'intéressant ?

– Rien. Elle confirme ce que nous savions déjà. Tessy Hoffmann harcelée par son grand-père et l'ambiance de merde au village entre les deux familles.

Wagner se leva.

– Bon, c'est pas tout ça, mais je me casse.

De nouveau, Da Costa semblait avoir du mal à s'arracher à son travail.

– Vas-y sans moi, j'ai encore un truc à régler.

Mike Wagner partit donc en week-end, suivi de près par le jeune Freichel.

Ils étaient à peine sortis que Da Costa se levait à son tour. Au lieu de se diriger vers les escaliers, il partit dans les couloirs de l'étage. Le QG de la PJ s'était vidé. Il ne croisa plus personne. La nuit tombait vite en ce mois de février et certains recoins du bâtiment sombraient déjà dans l'obscurité.

Joao parvint enfin au bureau de l'un de ses collègues… celui de Sandro Turini. Et comme il s'y attendait, il y retrouva Steffy Weis, seule, penchée sur son clavier.

– *Nowend*[1], Steffy. Qu'est-ce que tu fais au bureau, et à cette heure ? Turini et toi, je vous croyais sur le terrain ?

– Sandro m'a chargé de contrôler les signalements que nous avons reçus.

– Quelque chose d'intéressant ?

Elle soupira.

– Rien que des conneries ! Je perds mon temps.

Joao s'assit face à elle, sur le siège de Turini. Le bureau de celui-ci était un vrai bordel. Des tasses de café sales, des stylos et du matériel éparpillé, un écran parsemé de Post-it gribouillés.

---

[1] Bonsoir.

La petite Weis abandonna son clavier, le repoussa dans un geste d'agacement, puis, elle se pencha vers Da Costa.

– Turini m'a dit que tu avais travaillé avec Arsène Schmitt. Tu le connaissais bien ?

– Un peu, oui. On a bossé ensemble pendant plusieurs semaines. On parlait surtout boulot, mais sur sa vie privée, je n'en sais pas trop. Il me semble que son père avait été militaire, qu'il venait de Diekirch. J'ai appris aussi qu'il avait épousé une fille du sud et que sa belle-famille avait de l'argent.

Steffy Weis tiqua.

– De l'argent ? Je ne pense pas. Ses beaux-parents tenaient une petite épicerie à Bettembourg. C'est là qu'il logeait au début de sa carrière. Je l'ai lu dans son dossier.

– Ah. Tu vois, il y a beaucoup de choses que j'ignorais.

Joao resta pensif un moment. Finalement connaissait-il vraiment son ex-collègue ?

Il parlait boulot, mais le week-end, il disparaissait je ne sais où. Il était marié, mais jamais je n'ai rencontré son épouse. J'ai déjà vu sa maison à Bonnevoie pour l'y avoir déposé une fois. Il ne m'a pas fait entrer. Ses vacances, il les passait loin, en Espagne où sa femme avait une modeste résidence secondaire dont elle aurait hérité de ses parents. Il ne buvait pas, ne nous rejoignait jamais pour prendre un verre après le travail. Je ne l'ai pas compris à l'époque, mais il évitait les contacts, les intrusions dans sa vie privée. Un de ses anciens collègues m'avait même dit qu'il ne reconnaissait plus le jeune inspecteur qu'il avait fréquenté jadis.

Pourquoi ?

Steffy Weis fixait Joao perdu dans ses pensées. Comme si elle devinait ses doutes, elle le questionna.

– Tu y crois, toi, à l'histoire du tueur de flics ? Turini s'y accroche, Araujo y croit encore, mais moi, je suis sceptique, et cela depuis le début. À mon avis, ce n'est pas un amateur qui a fait le coup.

– Qu'est-ce qui te fait dire ça ?

– Il a tiré quatre fois. Deux fois dans le cœur et deux fois dans la tête, et ensuite, consciencieusement, il a ramassé les douilles.

– Dommage pour les indices.

– Il en a loupé une ! Tombée dans une bouche d'égout.

– Ça a donné quelque chose ?

– Pas d'empreintes, malheureusement, mais la balistique à Bruxelles a analysé la douille. C'est sans doute un Zastava, une arme yougoslave, un pistolet de petit calibre relativement facile à obtenir et impossible à tracer.

Un règlement de compte ? Quel secret cachait Arsène Schmitt ?

Da Costa se leva.

– Bon, je vais te laisser bosser.

Steffy Weis était une fille bien. C'était désolant de l'abandonner dans cette panade. Avant de quitter le bureau, il se tourna une dernière fois vers elle.

– Si je trouve quelque chose de mon côté, je te le refilerai, Steffy.

– Merci.

– Mais pas un mot à ce con de Turini !

Elle sourit.

– Je ne commente pas. Cela dit, promis : pas un mot !

SAMEDI

I.

La famille Da Costa Rebelo au grand complet était réunie sur la terrasse de la maison. Les parents de Joao, sa sœur Isabela et son nouveau copain, l'oncle et la tante de Schifflange, leurs deux filles, les voisins, les Correira Rodrigues et leur affreux moutard... plus qu'une famille, une tribu, et une réunion prétexte à de joyeuses agapes. Il était midi, et, sous un timide soleil, tous attendaient le verre à la main que le barbecue veuille enfin s'allumer. Victime consentie : Joao, le seul de cette assemblée à ne pas partager l'euphorie du moment. L'intéressé venait de renverser les allumettes sur le sol quand son portable se mit à vibrer.

Wagner.

– Je suis occupé, Mike. Je pense que le bois est trop humide et je ne retrouve plus les allume-feux.

– Laisse ton barbecue. On a un problème. Un gros.

– Quoi donc ?

– Notre informatrice, gardienne des parkings.

– Oui, et bien ?

– Elle a fait une chute dans l'escalier.

– Grave ?

– Elle est morte !

Da Costa refila au fils Correira la boîte d'allumettes et s'excusa auprès de la compagnie.

– Vous comprenez ? Une urgence ! C'est le métier qui veut ça.

Et soulagé, il fila, abandonnant les convives et leur foutu barbecue. Le décès d'Irma Thill avait eu au moins le mérite de le tirer de ce mauvais pas.

En ce samedi midi, les routes étaient dégagées et il ne fallut à Joao qu'une demi-heure pour arriver sur place.

Comme il s'y attendait, tout le village s'était à nouveau donné rendez-vous. Un accident mortel, ça n'arrive pas tous les jours, et l'identité de la victime, Irma Thill, détestée par la moitié des habitants, ne laissait pas non plus indifférent.

En dehors des visages familiers, il y avait cet homme se tenant en haut des marches. Mince, les cheveux blancs, il portait un costume dont le pantalon froissé tombait sur des chaussures impeccablement cirées. Il essuyait ses lunettes rondes de son mouchoir quand il aperçut les policiers venant à sa rencontre. Il descendit et se présenta.

– Je suis le docteur Moes. C'est moi qui vous ai appelés.

Ils pénétrèrent tous les trois dans la maison.

– Vous comprenez, vu ce qui se passe ici, j'ai préféré vous prévenir. Sait-on jamais.

– Vous avez bien fait. C'est vous qui l'avez découverte ?

– Je passais pour sa piqûre. Comme elle ne répondait pas, je suis entré. J'ai l'habitude. Elle est un peu dure d'oreille. Comme je ne l'ai pas trouvée au salon, je l'ai cherchée. Je l'ai finalement trouvée dans la cave. Morte. C'est la nuque. Ça ne pardonne pas.

L'intérieur de la maison était sombre, des caissons à volet ajoutés au-dessus des fenêtres prenaient encore un peu plus de la maigre lumière du jour. Le papier peint du hall était défraîchi, le carrelage usé. Au bout du couloir on devinait une cuisine, puis sur la gauche, sous l'escalier, une porte en bois verni qui donnait au sous-sol.

– Suivez-moi. C'est par ici. Soyez prudents, les marches sont un peu raides.

Tout en bas des escaliers, dans la semi-obscurité de la cave, un corps gisait sous une couverture. Un pied en dépassait, encore chaussé d'une pantoufle.

Le sol en béton était humide et froid. Une ampoule pendant au plafond venait de s'allumer en clignotant. Elle éclairait la pièce d'une lumière glauque. Comme elle se balançait au bout de son fil, d'étranges ombres dansaient sur les murs. Le bric-à-brac qui encombrait le fond de la cave sembla se mettre en mouvement : une vieille voiture d'enfant, des cageots vides, des chaises en paille défoncées, des pots ébréchés. Les autres murs étaient tapissés d'étagères où s'alignaient des centaines de boîtes de conserve et de bocaux.

Mike écarquilla les yeux.

– Tu as vu ça ? Il y a ici de quoi tenir un siège.

Il s'empara de l'un des bocaux. Sous la pâle lumière, il s'efforça d'en déchiffrer l'étiquette.

– Voici des haricots qui datent de 1985. En les mangeant, elle se serait tuée plus sûrement qu'en tombant dans son escalier. Et ici, toutes ces confitures sont datées des années quatre-vingt-dix. Elle était dingue cette bonne femme !

– Ici, on finit sans doute par le devenir.

S'étant accroupi, Joao avait relevé un coin de la couverture qu'on avait jetée sur le corps. Irma Thill le fixa de ses yeux méchants. Sous la lumière vacillante du sous-sol, ses traits disgracieux semblèrent s'animer. Elle paraissait plus vive que morte. Il y avait des victimes plus sympathiques que d'autres. Da Costa n'aimait pas trop celle-là.

– Docteur, vous avez une idée de l'heure du décès ?

– Le corps était à peine tiède quand je suis arrivé, mais aucune trace de rigidité… Je pense donc que c'est arrivé tôt ce matin.

– Accidentel ?

– Je le dirais, sans être formel. C'est un escalier assez raide et mal éclairé, et puis elle se déplaçait difficilement. C'est vraiment dommage, je l'aurais bien vue centenaire cette chère dame… l'une de mes meilleures patientes.

Les deux policiers remontèrent de la cave. Le docteur les abandonna dans le hall.

– Mes autres patients m'attendent. Nous verrons quoi faire pour le certificat de décès. Si nécessaire, vous savez où me trouver.

Le médecin parti, Mike se tourna vers son collègue.

– Tu y crois, toi, à l'accident ?

Da Costa secoua la tête.

– Ses pantoufles…

– Quoi ses pantoufles ?

– Il y en a une qui est restée dans le hall d'entrée. Si tu veux mon avis, c'est là qu'on a attrapé la vieille, puis on l'a balancée dans l'escalier. Elle était trop bavarde cette bonne femme, et surtout, elle en savait trop sur les sympathiques habitants de ce village.

– Merde ! On vient sans doute de perdre une fameuse source d'informations !

– Pas certain que ce soit totalement perdu. Tu te souviens ? Elle a dit : « Il faudrait que je vérifie. » Donc elle notait probablement certaines choses quelque part. Ce serait bien dans son caractère de vilaine fouineuse.

Ils se rendirent dans le salon. Un fauteuil était installé en biais sous la fenêtre. Un poste d'observation idéal : toute la rue était en enfilade, avec en vis-à-vis les maisons des Hoffmann.

– Ce n'est pas l'ordre qui l'étouffait la petite dame, regarde-moi ce fouillis !

Il y avait des piles de magazines et de journaux sur la table et sur les meubles, les étagères croulaient sous les livres. Mike fit le tour de la pièce, circonspect.

– On ne va quand même pas éplucher tout cela ?

– Je ne crois pas que cela sera nécessaire. Viens donc voir ce petit meuble sous la fenêtre.

Mike se pencha et ouvrit tout grand les yeux.

– Non mais je rêve : cette vieille folle tenait des journaux... Ils sont tous là, soigneusement classés, avec au dos un numéro et les années concernées.

– Je m'en doutais un peu. Regarde, Irma Thill a commencé à prendre des notes en 1962 et elle continuait encore cette année.

Joao feuilleta le dernier des carnets.

– Tiens, ça va t'intéresser : en date de vendredi dernier... Écoute-moi ça :

Elle mentionne notre arrivée au village : « *Zwee Polizisten sinn haut komm, ee Kläpper an een Ausländer...* »[1]

– Sympa. Mais c'est trop tard pour l'inculper pour outrage.

– Bon, on embarque tout ça. Je ne voudrais pas que ça disparaisse comme par enchantement. Je vais appeler nos techniciens de la CPS, ils trouveront peut-être quelque chose.

– Vas-y. Moi, je vais interroger les voisins. Même si je n'en tirerai sans doute rien.

Une ambulance et un véhicule de la police d'Echternach s'étaient garés devant la maison d'Irma Thill. Les personnages habituels assistaient en curieux aux opérations de police : le couple du restaurant chinois, le clan Hoffmann, monsieur et madame Thill, puis la famille portugaise au grand complet.

Joao s'en approcha et aborda les parents. Luisa, qui se tenait en arrière fit mine de rien et baissa les yeux.

– Alors, c'est vous les Da Silva-De Susa ?

Après quelques phrases en français, ils passèrent rapidement au portugais. Le portugais de Joao n'avait rien d'académique. C'était celui qu'on parlait à la maison, celui du village de ses parents. De temps à autre un mot lui échappait, mais ici, l'essentiel était clair : cette famille avait débarqué là dix ans auparavant pour retaper l'ancienne demeure du grand-père Hoffmann et ils n'étaient au courant de rien. Joao eut droit à tous les détails : le drainage pour assécher les murs par le neveu, la pose des châssis par le cousin, la toiture par le

---

[1] Deux policiers sont venus aujourd'hui, une brute et un étranger.

beau-fils, puis des tas d'autres choses techniques auxquelles il ne comprit rien. Il y a des gens qui n'ont pas encore saisi qu'on peut être Portugais d'origine et ne pas savoir empiler deux briques... ni jouer au foot. En tout cas, rien sur l'affaire, à part que « Tous ces morts et ces squelettes à deux pas de chez eux c'est horrible, et puis cette pauvre mademoiselle Thill, c'est si triste ! »

Abandonnant ses volubiles interlocuteurs, Joao partit retrouver Wagner, et à deux, ils firent le tour de tous les autres habitants.

Une heure passa, et l'enquête de voisinage se révéla décevante. Même refrain : rien vu, rien entendu !

– Je t'avais prévenu, dit Wagner, dans les petits villages, on ne parle pas facilement à la police, et il s'y trouve parfois des secrets que personne n'a intérêt à dévoiler !

– Il nous reste à espérer que les carnets de madame Thill seront plus bavards que ne le sont ses voisins.

– Alors on fait quoi ?

– On informe Folmer et Araujo. Si du moins nous arrivons à les joindre, puis on laisse tout sous la surveillance de nos collègues d'Echternach et on se casse ! Il ne reste déjà presque plus rien de mon samedi !

– Tu retournes à ta fête de famille ?

– Non. Ils se sont débrouillés sans moi et c'est très bien ainsi.

– Demain, tu as quelque chose ? On pourrait se retrouver au cercle de tir, puis aller manger en ville ?

– Merci, mais je préfère pas. J'ai envie de me reposer.

Wagner tiqua.

– Toi ? Te reposer ? J'y crois pas !

– Il faut bien commencer un jour.

DIMANCHE

I.

Non, se reposer n'était vraiment pas dans les habitudes de Joao Da Costa.

Ce dimanche matin, il se leva de bonne heure. Il se fit un solide café, servit la pâtée à Tarzano, puis se mit au travail.

Dans un premier temps, il sortit de sa poche l'un des carnets d'Irma Thill qu'il avait subtilisé dans ceux que Wagner comptait ramener au bureau. 1986. L'année du meurtre.

Joao s'installa dans le divan et commença la lecture du journal. Le récit était si dense, et cette écriture fine si serrée qu'il lui fallut plus d'une heure pour tout déchiffrer. Il découvrit page après page un an de la vie du village. Une histoire qu'Irma Thill dans sa folie avait enregistrée jusque dans les moindres détails : les allées-venues des voisins, la météo, les étrangers de passage et les incidents les plus bénins. Tous ces événements, pour aussi anodins qu'ils soient, pouvaient cacher quelque chose. Vers neuf heures, Da Costa pensa avoir trouvé. Il marqua une page, rangea le carnet et se servit un nouveau café.

Ce qui justifiait cette journée studieuse, ce n'était pas uniquement le mystère de Blummenhaff, mais aussi cette soi-disant histoire de tueur de flics dont Arsène Schmitt aurait été la malheureuse victime.

Joao avait promis d'aider la petite Weis, et il le ferait.

Sur la table du living, il étala les copies des documents qu'il avait exhumés des archives, ainsi que des articles de journaux retrouvés sur le Net.

Toute la carrière d'Arsène Schmitt était là, sous ses yeux. Trente ans de service. La fin tragique de l'affaire Dutrieux en 1997, l'arrestation mouvementée de Weimerkirsch en 2002, la cavale des frères Allouche en 2012. Puis une dizaine d'autres bricoles. Avec souvent des coups de feu.

Il fallait le reconnaître, il avait la gâchette facile l'ami Arsène, toujours en légitime défense, mais la gâchette facile quand même !

Une tasse de café à la main, Da Costa s'attarda sur chacun de ces documents, cochant par-ci par-là un paragraphe ou une citation. Parmi tous ces articles, il y en avait un qui retint particulièrement l'attention du policier. C'était un extrait d'un journal français de gauche. On y cassait du sucre sur le dos du Luxembourg, paradis fiscal, refuge des banques et de l'argent sale. Et patati et patata. Mais aussi, et c'était plus rare, on y dénonçait les dérives policières et une justice trop sévère. C'est un encart rappelant l'histoire des frères Allouche qui intrigua Joao. Il y marqua au stabilo une phrase… quelques mots, mais qui éclairaient soudain cette affaire sous un jour nouveau.

L'après-midi, Joao partit se promener seul en forêt de Bambesch. Il avait besoin de réfléchir. Il s'efforça une fois encore de se remémorer ces quelques semaines qu'il avait passées avec Arsène Schmitt. Il n'était alors lui-même qu'un gamin, tout frais émoulu de l'école de police. Il se revit rentrant chez lui en uniforme. Sa mère et son père s'étaient extasiés, ses copains l'avaient jalousé, sa sœur Isabela avait ri ! C'est alors que, pendant trois mois, il avait travaillé sous la supervision de Schmitt. C'était un excellent pédagogue, s'étalant volontiers sur tous les événements qui avaient jalonné sa carrière. À la réflexion, il y avait une seule affaire au sujet de laquelle il avait été peu prolixe : celle des frères Allouche. La honte de les avoir loupés ? Ou autre chose ? Ce que Joao avait découvert dans cet article était peut-être l'une des clés de l'énigme.

De retour chez lui, Joao se remémora un autre détail qui ne l'avait pas frappé sur l'instant. Après un instant de réflexion, il rappela son ami Calteux.

– Éric, tu pourrais encore me rendre un service ?

– Encore ? Ça commence à devenir lourd ! Qu'est-ce que je gagne ?

– Les remerciements de la Patrie reconnaissante.

– Ben voyons. En plus, je suis en plein tournoi d'un de mes jeux en ligne. World of Tanks. Mon team va entrer en scène ! Ça va déchirer.

Joao imaginait son copain calé dans son fauteuil, les manettes à la main, les yeux rivés sur un écran panoramique. Après sa semaine de boulot, il décompressait en explosant des chars ennemis.

Mais que ferais-je sans ce gars ? Ses tuyaux valent de l'or !

– Alors, s'impatienta Calteux, c'est quoi ce service ? Un autre nom je présume ?

– Oui.

– Je t'écoute.

Joao reprit son souffle.

– … Arsène Schmitt !

LUNDI

I.

Pour Joao, c'est le mauvais sort qui semblait marquer ce début de journée.

Première surprise désagréable. Alors qu'il y enfournait son linge sale, il constata que la machine à laver était en panne. Il devrait une fois de plus faire appel à sa mère, ce qui l'agaçait au plus haut point. Embrouille numéro deux : quand il alluma son PC, il eut droit à un message cabalistique de Microsoft lui annonçant un sympathique problème de disque dur. Il sortit et claqua la porte. Merde ! Le chien de madame Welschbillig avait encore pissé sur son paillasson. Un jour ou l'autre, il étranglerait ce sale petit cabot. Le jeune homme descendit les deux volées d'escaliers et sauta dans sa voiture... Deux cents mètres plus loin, il était bloqué. RTL Trafic informait qu'un accident survenu au petit matin congestionnait toujours le Kirchberg. Il patienta un bon quart d'heure, avançant au pas, avant que le flot de véhicules ne s'écoule enfin normalement. En pénétrant dans le bâtiment rue de Bitbourg, Da Costa tomba sur Turini. Son éternel sourire carnassier sur les lèvres, ce dernier lui lança au passage :

– Alors et ta momie ? Ça avance ?

– Elle court derrière ton tueur de flics...

Steffy Weis qui le suivait sembla s'amuser de cette réplique, mais elle ne dit rien.

On s'en serait douté, c'est passablement énervé que Da Costa fit enfin son entrée dans le bureau.

Installé face à la fenêtre sur un coin de table, Pit Freichel tapotait sur son écran. Mike, lui, sifflotait en astiquant son 9 millimètres. Une manie. Les pièces du SFP9 s'étalaient sur un petit tapis en attente d'être soigneusement nettoyées et huilées. Il leva la tête.

– Joao, c'est pas trop tôt !

– Ne dis rien ! Ma machine en rade, le trafic, ce crétin de Turini… J'ai eu la totale !

– Tu crois ça ? Devine qui a déjà appelé trois fois.

– Qui donc ?

– Ton ami Faber des services techniques d'Echternach. Il veut savoir quand il pourra entreprendre ses travaux.

– Tu lui as répondu quoi ?

– Je lui ai courageusement expliqué que c'est toi qui avais pris les choses en main.

– Merci, sympa !

Un paquet de Post-it vola au travers du bureau semant le désordre dans les pièces que Wagner avait soigneusement rangées.

Ce dernier allait répliquer quand le téléphone sonna.

– Tiens, le revoilà justement ton copain.

C'était bien Faber. Le technicien se lança d'emblée dans sa litanie habituelle.

– Elle en est où votre enquête ? Je suis bloqué par les archéologues, et les archéologues me disent qu'ils sont bloqués à cause de vous.

– La disparition hier de madame Thill ne va pas arranger les choses. Je pense qu'on vous l'a déjà dit : l'enquête durera le temps qu'il faudra.

– Je connais bien votre supérieur, le commissaire Stoffel et j'aurais deux mots à lui dire vous concernant.

– Vous connaissez Stoffel ? Grand bien vous fasse ! Mais il n'est pas mon supérieur et je me contrefiche de son avis. Par ailleurs, je dois vous informer que pour compenser le temps que vous me faites perdre, à chacun de vos appels, je prolongerai les investigations d'une journée, histoire d'effectuer les vérifications nécessaires !

– Mais... vous ne pouvez pas faire ça !

– Si, je peux.

Furieux, Faber raccrocha aussi sec.

– Tu y vas un peu fort avec ce type.

– Il m'a énervé...

– Je vois que la semaine commence bien !

Comme s'il venait seulement de réaliser qu'il y avait un nouveau venu dans la pièce, le jeune Freichel émergea subitement de ses vapeurs informatiques.

– Ah ! Bonjour, monsieur Joao.

– Salut, Pit. Toujours à surfer sur le Net ?

– Pas exactement. Sur le Darknet, en fait. Je cherche encore votre correspondant mystère. Je suis sur I2P et via Syndie je pense que...

– Très bien, conclut distraitement Da Costa. Continue comme ça.

Wagner, lui, remontait son 9 millimètres en maugréant.

– En vous attendant, cher ami, j'ai jeté un coup d'œil sur les journaux de la vieille Thill. Cette folle notait les moindres mouvements de ses voisins, les chiens qui pissent sur ses parterres, l'heure de passage du facteur, s'il était en avance, en retard, s'il s'était arrêté chez les Hoffmann pour prendre un verre. On a tout. Mais mauvaise nouvelle : il nous manque le carnet de 1986.

Joao le sortit de son sac.

– C'est moi qui l'avais.

– J'aurais dû m'en douter. Et il dit quoi ?

– Lui aussi, un ramassis de conneries. Des conneries, mais pas que. En avril 1986, la date de notre cadavre, j'ai effectivement un truc intéressant. Regarde ça.

Joao tendit à Mike le carnet libellé 1986. Sur la page marquée par un signet, ce dernier déchiffra :

« *20 avril.*

Den jonken Fransous ass zeréckkomm. Renault. 679x Ux 38 »

– Le jeune Français est revenu ? Quel jeune Français ? Et c'est quoi ce code ?

– C'est un numéro d'immatriculation. Les anciens, avec le département en fin. Le 38, c'est l'Isère. Grenoble. Les « x » c'est parce que je n'ai pas pu décrypter cette partie de son gribouillis.

– On peut demander le proprio de cette plaque aux Français ? Il ne doit pas y en avoir des tonnes avec un numéro comme celui-là.

– Certainement. Et ce qu'il y a aussi de curieux, c'est que Thill mentionne en mars, en avril, puis en octobre un locataire français, sans doute le même.

– On peut atterrir par erreur dans ce patelin, mais y revenir, en plus en octobre et en mars, c'est pas vraiment la belle saison. Il faut être maso, ou suicidaire.

– Ou avoir quelque chose à y faire.

– Bizarre.

– Oui. Bizarre, mais tu ne connais pas la meilleure !

– Quoi donc ?

– Lors du dernier passage en octobre de l'étrange touriste, cette vieille maniaque a noté un nom : Jean Didier !

Wagner se frotta le menton.

– Bien… Ainsi, nous avons un suspect et une ville : Grenoble.

– Donc à l'étranger. Cela change un peu la donne… nous ne sommes plus entre nous ! On va devoir en informer Araujo.

C'est Joao qui s'y colla et la réponse du commissaire ne se fit pas attendre.

– Une histoire avec un Français ? Voyez ça avec le juge d'instruction. Vous savez comme moi que dès qu'on sort des frontières les problèmes commencent. Là, je vois venir les emmerdes au grand galop.

– Bien, conclut Da Costa, je vais appeler Folmer.

Le juge d'instruction était au tribunal dans le cadre d'une autre affaire. Il lui restait quelques minutes avant d'intervenir et c'est un peu agacé par cette perturbation qu'il prit la peine de répondre.

Toujours remonté par les aléas de la matinée, Da Costa aborda le sujet sans ménagement : ils avaient un suspect en France, il fallait leur donner les moyens d'aller l'interroger là-bas.

La réponse du juge fut sans appel.

– Da Costa, je vous reconnais bien là. Mais soyez réaliste. Cette histoire date du siècle dernier et nous n'avons que vos soupçons et les notes obscures d'une petite vieille. Vous me voyez sérieusement émettre une commission rogatoire sur une base aussi mince ? Les Français ont assez d'occasions de se payer notre tête sans que nous leur en offrions d'autres ! Quant au possible assassinat d'Irma Thill, rien ne le relie à ce Jean Didier.

– Monsieur le Juge, ce type, ce Jean Didier, était là comme par hasard au moment où le corps a été enterré. D'ailleurs, je ne le sens pas ce village. Si vous voulez mon impression, ces gens ne sont pas nets, ils nous cachent des choses.

– Je suis content d'avoir vos impressions, mais on ne se présente pas devant la Chambre criminelle[1] avec un dossier monté sur la base de pressentiments. Ramenez-moi quelque chose de plus solide.

– On a quand même la mort suspecte d'Irma Thill.

– Vous dites bien « suspecte ». Et pour le moment, ce n'est que cela. Les vieilles dames qui se cassent la pipe dans les escaliers, cela arrive tous les jours. Tant que Brandensted ne m'aura pas remis son rapport avec des éléments factuels, je ne bougerai pas.

Évidemment. Faites moins de bruit les enfants. Laissez en paix les honnêtes gens, nous avons des choses plus sérieuses à traiter.

Joao Da Costa raccrocha furieux.

– Ce Jean Didier on a sa plaque, on sait d'où il vient : où est le problème ? On doit pouvoir le retrouver et l'interroger. Qu'est-ce qu'il a notre juge ? D'habitude, je le trouve plus combatif.

– Lui aussi a des soucis. C'est l'histoire du tueur de flics. Il y a eu des remous à la chambre. L'ADR accuse la

---

[1] Cour d'Assise luxembourgeoise.

justice d'être trop laxiste, et ils ont été rejoints par plusieurs députés de la majorité. Naturellement, le ministre de la Justice en prend plein la gueule, et Folmer, ça lui retombe dessus !

L'évocation du « tueur de flics » ne fit rien pour apaiser Da Costa. Comme un sale gosse, il se mit à bouder et entreprit sans un mot de ranger son bureau. Wagner se garda bien de se manifester. Il connaissait son collègue et ami, ses passes de mauvaise humeur ne duraient jamais longtemps. Quelques minutes et un café plus tard, il finit par l'interpeller.

– Joao, quand tu te seras calmé, j'aurai quelque chose à te dire.

– Je suis calme. Très calme...

Wagner pouffa, puis lui lâcha :

– Je connais un type à la Crime de Grenoble.

– Ah oui ?

– On s'est rencontrés à un stage. Depuis, on s'échange parfois des tuyaux.

– Et ?

– Pendant que tu te prenais la tête avec Folmer. J'ai échangé deux ou trois SMS avec lui... Il veut bien nous donner un coup de main. Officieux. Entre potes. Il t'attend.

– Je pourrait plutôt l'appeler.

– Il préfère te voir en personne.

– Grenoble, tu dis ? C'est pas la porte à côté. Mais si notre juge ne veut pas se bouger, il faut bien que quelqu'un le fasse à sa place !

II.

Ce lundi-là, vers 17 heures, Joao Da Costa se présenta dans le bureau de Manuel Araujo avec une requête inhabituelle.

Le commissaire l'écouta, puis le considéra avec suspicion.

– Joao ? Notre workaholic ? Demander du congé ?

– Ma mère a les oreillons.

– Ben voyons ! Allez, file, je te le signe ton congé. Mais tu sais qu'on est en plein stress, alors un jour seulement... On ne m'enlèvera pas de l'idée qu'il y a une histoire de fille là-dessous !

Wagner, quand il eut vent de cet échange, haussa les sourcils.

– C'est vrai que ta mère a les oreillons ?

– Mais non, crétin ! Elle se porte comme un charme... Alors, tu me le donnes le nom de ton contact ?

– Il s'appelle Arnaud Petit. Il t'attend demain à 13 heures à l'hôtel de police de Grenoble.

Comme s'il était resté sourd à toute cette agitation, on n'avait pas entendu Freichel de toute la journée. Seul le cliquetis des touches de son ordinateur rappelait encore aux deux policiers sa présence dans le bureau. Puis, soudain, alors qu'on allait fermer boutique, il sortit de sa coquille.

– Monsieur Joao ?

– Oui ?

– Je pense que j'ai une piste, monsieur Joao.

– Une piste sur quoi ?

– Je sais d'où viennent les mails que vous avez reçus !

MARDI

I.

Le temps était frais, mais la route sèche et le ciel dégagé. Parti à l'aube, Joao avait croisé sur l'A31 les milliers de Français montant à l'assaut du réseau routier luxembourgeois. La file de ces courageux travailleurs s'étirait sur des kilomètres.

À plusieurs reprises, Da Costa fit une pause sur une aire de repos. Depuis sa blessure au dos, les longs trajets lui étaient pénibles. Il se mêla ainsi aux routiers et aux voyageurs qui buvaient leur café dans les stations-service. Peu après Lyon, il sortit pour manger dans un petit resto. Le plat du jour, plutôt bon, fut arrosé d'un verre du vin de la maison. Peut-être était-ce une illusion, mais l'alcool rendait ses douleurs plus supportables. Faisant l'impasse sur le dessert, il reprit rapidement la route, si bien qu'il arriva à Grenoble vers treize heures trente.

Les montagnes qui surplombaient la ville évoquaient à Joao des souvenirs de sports d'hiver. Un voyage avec le lycée dans les années 2000. Ses premières vacances ailleurs qu'au Portugal. C'était si loin déjà. Aujourd'hui, il lui fallait retrouver le commissariat de la ville situé boulevard Maréchal Leclerc. Le GPS de la BM n'était pas à jour, mais apparemment la circulation dans le centre-ville était moins perturbée que celle de la capitale luxembourgeoise et Joao Da Costa arriva sans trop de peine à bon port.

Le commissariat de Grenoble était un bâtiment haut et froid, sur le modèle de ceux que l'on construisait dans les années 60. Ne serait-ce l'accès protégé par de solides barreaux, on l'aurait pris pour un simple immeuble de bureaux. Joao poussa la double porte et se présenta à la réception.

La fliquette qui tenait l'accueil lui demanda son nom.

– Inspecteur Da Costa. J'ai rendez-vous avec Arnaud Petit.

– Oui, je suis au courant. Je vous l'appelle.

Plusieurs personnes attendaient dans le hall d'entrée. Un couple âgé dont la femme, toute pâle, s'accrochait à son sac à main, une mère maghrébine avec son ado à capuche, un groupe de jeunes qui discutaient à mi-voix. Plus loin, un type, visiblement ivre, gémissait en se balançant d'avant en arrière. On se serait cru dans la salle d'attente des urgences d'un hôpital.

– Da Costa ?

Joao tourna la tête.

Le lieutenant Arnaud Petit qui venait d'arriver portait bien mal son nom. C'était une armoire à glace. Jeans, blouson, baskets, épaules carrées ; ce gars, se dit Joao, ressemble comme un frère à mon ami Mike. Pas étonnant qu'ils se soient bien entendus.

Ils montèrent à l'étage, puis Arnaud Petit badgea avant de pénétrer dans un long couloir aux murs gris.

– Bienvenue au G.E.C., le Groupe d'Enquêtes Criminelles ! ... Venez, on va se prendre un café.

Le lieutenant l'emmena dans une kitchenette, une pièce étroite avec des tables hautes et des distributeurs de boissons. Un coin comme on en trouve dans la plupart des entreprises, mais ici, cela sentait le tabac froid et des mégots achevaient de se noyer dans un gobelet en carton.

– C'est interdit de fumer, commenta Petit.

– Oui, je vois.

Le lieutenant servit un café à Da Costa. Il était brûlant et sans goût. Joao observa la salle vide et les bureaux qui la jouxtaient, apparemment abandonnés par leurs occupants.

– Il n'y a pas grand monde chez vous.

– On a une urgence en ville.

– C'est comment l'ambiance ici ?

– Dur dur. J'ai quitté Paris en pensant avoir quelque chose de plus reposant… c'est loin d'être le cas. Encore hier, mon collègue et moi, on s'est fait caillasser. La semaine dernière, c'était mortiers et cocktails Molotov. Et si par chance tu coinces un type, tu l'emmènes chez le juge, le lendemain, tu le recroises en ville et il te fait un doigt d'honneur. Et chez vous, c'est comment ?

– Pas comme ça. Pas encore. Vous savez, moi je ne fais pas trop dans le maintien de l'ordre… et ceux que j'ai coffrés jusqu'à présent, ils ne sont pas près de ressortir… ou alors ils sont morts !

Le policier se fit amer.

– Les anciens de la maison te parlent du bon vieux temps de la pègre, des indics, des bandits de grande classe avec lesquels il y avait un respect mutuel. Nous, c'est les petits voyous qui te chient dessus et sortent la kalach pour régler leurs comptes.

On n'en est pas encore là. Si on y arrive un jour, ma mère m'obligera à me faire muter à l'Éducation nationale !

À brûle-pourpoint, Joao posa la question qui le taraudait depuis deux jours.

– Tu as pu trouver à qui était cette R12 ?

Naturellement, les deux collègues étaient passés au tutoiement.

– J'ai bien cherché, mais je n'ai pas de Jean Didier avec une R12 et ce numéro de plaque.

– C'était très mal écrit.

– Par contre, j'ai un Grandidier. Jean de son prénom.

– Jean Didier, Jean Grandidier. Ça doit être lui. Et quel âge ?

– Né en 59.

– Trente ans à l'époque. Oui ça colle !

– Hélas, mauvaise nouvelle, il est décédé il y a deux ans.

– Merde !

– On n'a pas grand-chose sur lui. Une bagarre et une conduite en état d'ivresse. Un accident avec délit de fuite, des chèques en bois.

– Quand même.

– Vu le quartier où il habitait, c'était un petit saint !

Joao mâchonna pensivement le bâtonnet de son gobelet de café.

– J'irais bien parler aux voisins. Il y a peut-être quelqu'un qui en sait plus sur lui.

– Cette barre d'immeuble va être réhabilitée. On est occupé à en virer les locataires. Il y en a encore quelques-uns qui s'accrochent. Peut-être auras-tu de la chance ? Il lui reste une voisine, Maria Garcia. Elle a déposé une main courante il n'y a pas longtemps pour une histoire de chahut dans le hall d'immeuble. C'est une Espagnole. Toi qui es Portugais tu devrais pouvoir en tirer quelque chose.

– Je suis Luxembourgeois.

– Ne le prends pas mal... les Portugais sont les seuls ici avec lesquels je n'ai pas d'ennuis.

– Je vois que tu ne connais pas ma sœur !

Le policier écrasa son gobelet et le jeta dans la poubelle.

– Bon, je vais t'y conduire.

Ils quittèrent l'immeuble. Da Costa était déçu, mais il n'en dit rien.

Jean Grandidier. Mort. La poisse. Cette piste est une impasse. Je perds mon temps.

– Il vaut mieux laisser ta bagnole ici. On va prendre la mienne.

La voiture d'Arnaud Petit était une Peugeot grise qui avait autant de griffes et de bosses qu'un vieux gladiateur. Joao s'installa, les pieds dans les papiers d'emballage qui recouvraient le sol.

– Comme tu vois, ici on n'a pas les moyens que vous avez au Luxembourg.

– Qu'est-ce que tu veux dire ?

– C'est moi qui paie les cartouches pour l'imprimante, mon ordi date de l'invention de l'informatique et cette bagnole pourrie aurait dû depuis longtemps être recalée au contrôle technique.

Vexée, ladite bagnole démarra au quart de tour.

La Peugeot traversa un parc arboré. Les pelouses ensoleillées étaient parcourues par de larges allées. Cette ville aurait semblé jolie à Da Costa si Arnaud Petit n'avait continué à en dresser un tableau à ce point inquiétant.

– Ne te fie pas à ce cadre charmant. Nous avons l'un des plus hauts taux de criminalité du pays.

– La banlieue ?

– Non, chez nous c'est le centre-ville qui est dangereux. Trafic de drogue, racket, vols à main armée, la totale ! Et c'est là que je te conduis !

Comme pour ponctuer les propos du policier, la Peugeot sauta sur un ralentisseur, éjectant le contenu de la boîte à gants. Papiers du véhicule, menottes, gyrophare, barres chocolatées et tournevis vinrent se mêler aux vieux emballages. Joao avait réellement hâte que cette course se termine. Quittant le parc, la voiture tourna à droite et s'engagea sur un grand boulevard où elle longea à l'ombre des arbres un stade de football.

– La dame que tu veux rencontrer habite le deuxième immeuble, là-bas sur ta gauche, quatrième étage... Il vaut mieux que tu y ailles seul. Personne ne te connaît. Moi, je ne fais pas cent mètres de plus avec cette bagnole qu'on a déjà tous les dealers du quartier sur le dos.

– À ce point ?

– Ils connaissent nos voitures, nos plaques. Et ma gueule aussi.

Arnaud Petit se rangea sur le côté et alors que Joao quittait le véhicule, il passa la tête par la vitre.

– Et surtout, ne dis pas que tu es flic !

Cela va de soi ! Après une telle description du quartier, il vaut mieux y circuler incognito.

Da Costa se glissa entre les barres d'immeubles. Elles alternaient avec de grandes cours, des parkings, des jardins et des garages. C'était loin d'être aussi glauque qu'il ne le pensait. Au bas du building qui abritait son témoin, un groupe de jeunes faisait le pied de grue. L'un d'entre eux l'interpella dès qu'il s'approcha. Il devait avoir à peine quinze ans et jouait les terreurs.

– Tu cherches quoi ?

– Je vais voir Maria Garcia, c'est ma tante.

Le gamin l'examina de la tête aux pieds, puis fit un signe de tête. Avec son look ibérique, son accent étranger, Joao inspirait confiance.

– OK. Bonne journée, chef.

Il lui tourna le dos et le laissa passer.

Le hall d'entrée était sombre. Pas d'éclairage. L'ascenseur lui aussi était en panne. Peut-être dans le but inavoué de décourager les derniers frondeurs qui s'accrochaient à leur deux-pièces. Da Costa grimpa lentement les quatre étages. Les appartements qu'il dépassait étaient loin d'être tous vides. Plusieurs semblaient tout simplement squattés. Les portes avaient été forcées, il y traînait des matelas, des bouteilles, des sacs plastiques et des vêtements sales.

Le quatrième, enfin !

Une plaque en cuivre mentionnait le nom de Garcia. Il sonna. Après un moment la porte grinça et s'entrouvrit, protégée par une chaîne. Une petite vieille aux cheveux blancs et au visage parcheminé apparut dans l'entrebâillement.

– C'est pour quoi ?

– Bonjour madame. Désolé de vous importuner. Je cherchais monsieur Grandidier et on m'a dit qu'il habitait à côté. Il ne répond pas.

– Vous lui voulez quoi ?

Par la porte entrouverte Joao devina un salon aux murs d'un vilain vert, décorés d'assiettes et de cadres dorés. Une fenêtre éclairait une table de bois sombre où fumait encore une tasse de café. Une revue était restée ouverte.

Elle ne me fait pas entrer. Je dérange... ou elle se méfie. Trop de visites importunes.

– Il aurait prêté de l'argent à ma mère. Je voudrais le rembourser, mais je n'ai pas son numéro de compte.

– Y fallait venir plus tôt. Là où il est, votre argent lui servira pas à grand-chose. Il est mort il y a deux ans !

– Ben zut alors. Il a peut-être de la famille à qui je pourrais m'adresser ?

La dame tendit le cou vers les escaliers. Personne en vue. Apparemment rassurée, elle se décida à répondre.

– Il n'avait pas de famille. À part une vague cousine, je crois. Il a eu une petite amie, aussi. Je m'le rappelle. C'était tout au début qu'on habitait ici. C'était bien à cette époque-là.

– La petite amie, vous savez comment elle s'appelait ?

– Son nom a été un temps sur la boîte aux lettres... Maurin, je crois, un truc comme ça. C'était une drôle de fille, une gamine assez jolie mais un peu bizarre.

– Bizarre comment ?

– Regard fuyant, mal dans sa peau, pas causante. À peine un bonjour. Ils sont partis en vacances ensemble, et puis elle l'a quitté pour un type qu'elle avait rencontré là-bas. Y s'en est pas remis le pauvre. J'en sais pas plus. Il était pas très sociable vous savez. Je pense qu'il a eu des mauvaises expériences. Ça remonte loin.

– Un jour on a vu Grandidier au Luxembourg. Vous avez une idée de ce qu'il pouvait y faire ?

– Le Luxembourg à Paris ?

– Non, le Grand-Duché.

– Aucune idée !

– Et les autres voisins ? Il avait des contacts ?

– Celui d'à côté, c'était un fiché S. Il a été expulsé. Les autres, ça faisait qu'aller et venir. J'ai jamais bien compris qui habitait là. De toute façon je vous dis, il fréquentait pas les gens.

– Ses affaires, on en a fait quoi quand il est décédé ?

– Tout est parti chez Emmaüs.

– Tout ?

– Oui, à part le fauteuil qui est dans mon salon et son ordi que c'est Farid, le petit du rez-de-chaussée qui l'a pris.

Il y eut du bruit, puis des cris, plus haut dans la cage d'escalier. Elle pâlit.

– Je dois vous laisser, j'ai un truc sur le feu.

Et vlan ! La porte se referma subitement, puis derrière elle, toute une série de verrous.

Da Costa redescendit les escaliers. La rampe de métal avait perdu ses couleurs à force d'être polie par les milliers de mains qui s'y étaient agrippées. Au passage, il déchiffra l'un ou l'autre des tags qui décoraient les murs. Enculer la police semblait y être le thème artistique de prédilection.

Le voisin du troisième cuisinait. Une odeur d'oignon, d'huile brûlée et d'épices exotiques.

Rien à trouver ici ; les traces sont trop anciennes, les souvenirs eux-mêmes se sont dissous dans l'air malsain de la cité.

Passé le premier étage, une phrase lui revint en mémoire.

Farid, le petit du rez-de-chaussée, a récupéré son ordinateur.

Da Costa frappa à la porte. La seule encore plus ou moins en état.

C'est un gamin d'une dizaine d'années qui lui ouvrit. Il portait de grosses lunettes et une toison de cheveux noirs bouclés qui le faisait ressembler à un petit mouton.

– Bonjour, c'est toi Farid ?

– Oui, j'ai rien fait m'sieur.

– T'inquiète, je suis pas là pour ça. J'ai juste un service à te demander.

– Vous êtes qui ? Ma mère elle est pas là...

– Je m'appelle Joao. Je suis un ami de monsieur Grandidier, le monsieur qui est mort et dont tu as reçu le PC.

– On me l'a donné, je l'ai pas piqué !

– Je sais bien, tu peux le garder. J'aimerais seulement y jeter un coup d'œil, des fois qu'il y aurait laissé des trucs pour moi. Je n'en ai que pour deux minutes.

Comme le gamin hésitait, Da Costa poursuivit avec un sourire :

– Et si tu me rends service, tu mériteras bien une petite récompense.

– Bon... D'accord, alors.

Le petit Farid emmena Joao dans la pièce de séjour où l'ordinateur trônait entre la télé et une vieille chaîne Hi-Fi.

– Dis, t'as pas école, toi ?

– Cette semaine, on est en vacances.

Joao alluma le PC. Pas de mot de passe. L'écran clignota, puis se stabilisa. Windows XP.

– C'est pas vraiment un dernier modèle que tu as reçu là !

– Oui, mais avec le covid et les cours en ligne, j'ai été bien content de l'avoir !

Cet ordinateur était une vraie poubelle. Sans ordre aucun et avec un unique dossier intitulé sobrement « fichiers ». On y retrouvait en vrac les devoirs du gamin, des vidéos de blagues idiotes, des copies de mails publicitaires, des photos, des conneries de toutes sortes dont beaucoup dataient de plusieurs années, de l'époque où Grandidier pianotait lui-même sur ce PC. Il faudrait des heures pour dépouiller tout cela. Idéalement, Joao aurait dû saisir cet ordi, mais en France et en l'absence de commission rogatoire, il n'avait aucune autorité pour le faire. En outre, il s'en serait voulu de priver ce gosse de son outil de travail.

L'avantage de ces vieux trucs, c'était que leur contenu tenait encore facilement sur une clé USB... et par précaution Joao en avait toujours une en poche.

Le gamin observa en silence le policier introduire sa clé et commencer à y transférer les fichiers du PC.

– Tu le connaissais un peu ton voisin ?

– Pas bien. On le voyait pas beaucoup. Il sortait que pour faire ses courses au Super U.

– Il ne travaillait pas ?

– Ben non. Dans ceux qui restent dans l'immeuble, il y a que ma mère et madame Garcia qui travaillent.

La copie était terminée. Joao éjecta la clé du PC.

– Voilà, j'ai fini. Merci.

Il allait quitter l'appartement, mais le gamin se planta au milieu du couloir.

– Vous n'êtes pas vraiment un ami de monsieur Grandidier, hein ?

– Ah bon ?

– Je pense que vous êtes de la police.

– Qu'est-ce qui te fait dire ça ?

– D'abord je vous ai jamais vu, et puis, monsieur Grandidier, il n'avait pas d'ami, et puis d'ailleurs, pourquoi vous posez toutes ces questions si c'est votre ami ?

Joao ne put s'empêcher de sourire.

– T'es pas con, toi.

– En plus, vous êtes même pas d'ici.

– Comment sais-tu ça ?

– Parce que vous savez même pas qu'en zone A on est en vacances.

Se faire confondre ainsi par un gamin avait quelque chose de vexant, mais cela amusa plutôt le jeune policier.

– Alors Farid, puisque tu es si malin, tu peux encore me rendre un petit service ?

– Dites toujours.

Joao sortit une de ses cartes personnelles avec son adresse Hotmail et son numéro de portable. Il y joignit un billet de 20 euros.

– Tu donneras ma carte à madame Garcia. Qu'elle me rappelle si elle se souvient de quelque chose. C'est important.

Le gamin prit la carte et empocha le billet.

– OK.

– Ciao, Farid.

– Au revoir, m'sieur Joao.

II.

La Peugeot d'Arnaud Petit n'avait pas bougé. En voyant arriver Da Costa, il jeta sa cigarette par la fenêtre et coupa la radio.

– Alors ? Trouvé quelque chose ?

– Des miettes. Après tant d'années...

– Fallait pas rêver.

– J'ai quand même un nom. Maurin. La fille qui vivait avec lui s'appelait comme ça. Elle l'a largué. On ne sait pas où elle s'est barrée.

– Maurin ? Ça ne me dit rien. Je peux chercher.

– Ce serait sympa.

Da Costa se réinstalla et boucla sa ceinture. Ses pieds crissèrent sur les emballages.

– J'ai encore cette autre piste.

Il sortit de sa poche une photo qu'il présenta à Petit.

– Voici l'une des boucles d'oreille découvertes sur le corps. Notre expert nous dit qu'elle provient d'un maître joaillier de Grenoble.

– Je sais. Henri Chaveau, rue Jean Jacques Rousseau. Mike m'en avait informé.

– Ce Chaveau doit pouvoir reconnaître ce bijou et retrouver dans ses livres à qui il l'a vendu.

Petit fit une grimace.

– J'ai déjà vérifié ce matin. Malheureusement, Henri Chaveau est décédé depuis belle lurette. Son successeur a pu néanmoins identifier ces boucles d'oreille. Ça ne vous aidera pas beaucoup : elles ont été vendues en 85 à un certain... Grandidier.

– Au contraire, cela m'aide beaucoup. Cela me confirme le lien entre cet homme, le fameux Grandidier, et la victime.

– Je te ramène à ta bagnole ?

– Oui, il est temps de rentrer. J'ai un bout de chemin à faire.

Petit démarra dans un vilain bruit de moteur et s'inséra à coups de klaxon dans le flot de voitures.

Le ciel avait pris une couleur orangée. Les montagnes assombries semblaient maintenant peser sur la ville. De partout, les lumières s'allumaient et sur le boulevard, le trafic se faisait plus dense.

Joao haussa la voix pour surmonter le chambard qui régnait dans l'habitacle.

– Au fait, les frères Allouche, ça te dit quelque chose ?

Il réfléchit un instant.

– Ouais… Deux braqueurs, des gars de chez nous. L'aîné, Ali, est mort en taule, une prise d'otage qui s'est mal terminée. L'autre, Amir, je ne sais pas ce qu'il est devenu.

– Tu pourrais te renseigner également ?

– Pas de problème.

Quelques minutes plus tard, la vieille Peugeot s'arrêta en double file à côté de la BMW de Da Costa.

– Tu remettras mon bonjour à Mike ?

– Je n'y manquerai pas. Encore merci !

Da Costa s'enfonça dans le trafic, écoutant distraitement la voix de son GPS qui le guidait vers la sortie.

« Maurin », rien qu'un nom, pas même un prénom. Mais au moins savons-nous maintenant qui est notre victime, et sans doute notre assassin… Reste à le prouver.

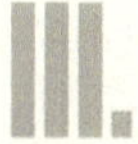

Joao souffrait. Le trajet du retour avait achevé de lui esquinter le dos. Il aurait voulu rentrer directement chez lui, mais il se décida finalement à passer par le bureau, impatient de jeter un coup d'œil au contenu de la clé USB qu'il rapportait de Grenoble.

Le jeune homme se parqua comme un automate sous la haute façade vitrée de la PJ, puis il s'extirpa de sa voiture avec une grimace. La nuit était tombée depuis longtemps, il ne croiserait plus grand monde, à part la policière de permanence à l'entrée qui lui fit un signe de la main.

– Ça va Joao ? On fait des heures sup ?

– Comme d'hab.

– Tu me dois un verre, n'oublie pas !

– Promis. La semaine prochaine, peut-être.

Le jour, le 24 rue de Bitbourg était une vraie ruche. La nuit, les bureaux étaient sinistres, le quartier désert. Seuls l'éclairage chiche des couloirs et le ronronnement de quelques appareils donnaient à penser qu'il y avait encore là une présence humaine.

Deuxième étage. La porte entrebâillée de Joao Da Costa dessinait sur le tapis du couloir un rai de lumière.

L'inspecteur, intrigué, poussa la porte de son bureau.

– Tu es encore là, toi ? Il est plus de dix heures !

Pit Freichel se leva. Il avait la mine d'un gosse qu'on vient de prendre avec la main dans le pot de confiture.

– Je... J'avais un truc à finir. Et puis, je devais vous voir au sujet de vos mails pirates.

Joao avait presque oublié cette histoire. Tous ces messages avaient filé dans la corbeille et comme par miracle plus aucun autre n'était arrivé de la journée.

– T'as trouvé ?

– Ils proviennent d'un ordinateur du campus à Esch... Un étudiant ou un prof, je ne sais pas.

– Moi, j'ai ma petite idée...

Il n'est pas nul ce garçon. Finalement, son passage dans le service n'aura pas été une mauvaise affaire.

– Comme tu as réglé cette histoire d'email, j'ai autre chose dont tu pourrais t'occuper. Mon ordi est en rade et je voudrais que tu me dises ce qu'il y a là-dedans.

Da Costa jeta sur le bureau la petite clé USB.

– C'est le contenu d'un vieux PC qui appartenait à un suspect, un gars en France.

Pit Freichel examina la clé.

– 64 GB. Ça marche... Et vous cherchez quoi ?

– Tout ce qui peut avoir un lien avec le Luxembourg : projets de voyage, emails business ou sentimentaux, tout ! Je te préviens, un gamin de douze ans a fait joujou sur cet ordi, c'est un vrai boxon.

– Pas grave.

– Et n'en parle à personne. Je n'ai pas été très réglo sur ce coup-là !

MERCREDI

I.

C'est vers deux heures du matin et tout courbaturé que Joao Da Costa se mit au lit. Dans l'obscurité de sa chambre, incapable de s'endormir, il se remémora les événements de la journée.

Plus de 1 000 kilomètres au compteur ! Folmer dirait que c'est un déplacement pour pas grand-chose. J'ai bien un nom, Grandidier, mais c'est le nom d'un type mort. J'ai aussi cette Maurin, une victime potentielle, mais à l'identification vague, et puis le contenu de cet ordi, mais que retrouvera-t-on dans cette vraie poubelle...

Subitement son téléphone s'agita sur la table de nuit. Il l'attrapa à tâtons, puis quand il reconnut le nom de son correspondant, il prit l'appel.

– Pit, t'as vu l'heure. Et d'abord comment t'as eu mon numéro privé ?

– Ben... En fait sur le serveur de la police, il y a un fichier dans lequel...

– Je ne veux pas savoir. Pourquoi t'appelles ?

– J'ai pas vraiment trouvé ce que vous m'avez demandé.

– Et c'est pour ça que tu me réveilles à deux heures du mat ?

– Oui, mais d'abord il n'est pas deux heures du matin, mais une heure cinquante-deux, et puis, il y a un truc bizarre.

Joao soupira.

– Je t'écoute.

– Le type de l'ordi, il s'appelle Jean Grandidier.

– Ça, je sais.

– Il a travaillé pendant des années sur une sorte de roman d'amour, une histoire de cœur. J'ai retrouvé son texte sur le disque.

– Et ?

– Vous m'aviez dit les trucs sentimentaux aussi. Un roman d'amour, c'est un truc sentimental. Et dedans, il y a des choses curieuses.

– Bon, mettons ! Imprime-le, ce fameux roman, et dépose-le sur mon bureau.

– Il fait 365 pages. C'est pas très écolo.

– Alors, envoie-le-moi... Je suppose que c'est pas la peine de te donner l'adresse de mon mail perso ?

– Euh. Non. Je l'ai aussi.

Il y eut un blanc.

– Autre chose qui ne pas peut attendre demain ?

– Oui, en fait, ma mère se plaint que je travaille trop d'heures. Est-ce que je pourrais venir plus tard demain matin ?

– D'accord, prends ta journée, tu l'as bien mérité. Et tous mes hommages à ta maman !

À peine Joao avait-il raccroché que son téléphone carillonna gaiement... un nouveau mail. Le roman, sans doute. Il ne perdait pas de temps, le gamin !

II.

Da Costa avait mauvaise mine. Il n'avait plus fermé l'œil de la nuit. En réalité, il n'avait pas résisté à la tentation de lire ce texte que lui avait transmis Pit Freichel.

En découvrant Joao seul dans le bureau, Wagner s'étonna.

– Le Pit n'est pas là ?

– Je lui ai donné congé pour la journée. Il a fait du bon boulot.

– Vraiment ? Et Grenoble, c'était comment ?

Da Costa s'étira sur son siège.

– Ton copain Arnaud m'a permis d'identifier notre type... mauvaise nouvelle, il est mort. Par contre, on tient peut-être le nom du mystérieux squelette à la boucle d'oreille, une certaine Maurin. Et sur l'ordinateur du gars dont j'ai pu copier le contenu, il y a un truc intéressant.

– Vraiment ?

– C'est un projet de roman, une histoire à l'eau de rose assez nulle qu'il a envoyée en vain à plusieurs maisons d'édition.

– Et ça raconte quoi ?

– Un homme dont la copine se tire avec un étranger rencontré en vacances.

– Encore un cœur brisé !

– On dirait.

– Et alors ?

– Alors, la fille part rejoindre sur une île son nouvel amant. Le type essaye de la retrouver, de la ramener, mais en vain.

– Banal.

– Ylang Ylang, cette île, c'est le nom d'une fleur. Et Blummenhaff, ça veut bien dire la ferme aux fleurs, non ?

– Un hasard.

– La fille s'appelle Marine. Marine... Maurin. Un hasard aussi ?

– Marine, c'est un prénom, pas un nom.

– Et puis, il crève de jalousie et parle de se venger.

Wagner secoua la tête.

– Donc si je te suis, cette fille aurait été l'amante de quelqu'un du village, puis se serait fait trucider par son ancien petit ami ? Écoute Joao, je ne veux pas faire mon Folmer, mais tout ça, ce ne sont que des suppositions.

– Sans doute, mais appelle quand même l'état civil d'Echternach et demande-leur de nous retrouver une étrangère venue s'installer dans le coin entre 1980 et 1986.

– Il va y avoir du boulot.

– En priorité, évidemment, une Française. Si le nom c'est Maurin, ça m'arrange.

– Pfff.

– Fais-moi ça, s'il te plaît. Moi, j'ai un autre truc à vérifier.

– Dis donc, Joao, tu ne lâches pas facilement le morceau !

Joao était comme ça. Mike avait fini par s'y faire. Un type qui s'accrochait à ses enquêtes tel un pitbull. Non par ambition, mais simplement parce qu'il ne supportait pas de laisser derrière lui des cas non résolus.

Tandis que Wagner passait plusieurs coups de fil à Echternach, Joao s'attaqua à la lecture de ses mails.

Les courriers pirates s'étaient subitement arrêtés, seul un nouveau message l'attendait : celui d'Arnaud Petit, le collègue de Grenoble. Il n'avait trouvé aucune info à propos de Maurin, la copine de Grandidier. Par contre, ce qu'il annonça au sujet des frères Allouche n'étonna qu'à moitié Da Costa. Amir Allouche, le survivant de la fratrie, avait été libéré en conditionnelle il y a quelques semaines… le mercredi, alors qu'il devait se présenter au commissariat, il avait prévenu qu'il était malade et s'était décommandé ! Depuis, il était dans la nature.

Plus tard, Joao passerait voir Steffy pour lui en toucher deux mots, mais pour l'instant il avait une certaine chose à régler. Les recherches du petit Pit indiquaient que les mails malveillants provenaient, après maints détours, du site de Belval. L'unif [1]. Pas difficile de deviner qui pouvait en être à l'origine.

Il composa un numéro qu'il n'avait pas oublié, celui de Jean Thill, ex-ami de Tessy Hoffmann… et prof à l'Institut des sciences et de technologie.

La voix grave de Jean Thill répondit dès la première sonnerie.

– Ici Jean Thill.

– Da Costa, police judiciaire.

– Encore la police ? On s'est déjà tout dit, non ?

– Je sais pour les emails.

– Je ne vois pas de quoi vous voulez parler.

---

[1] Université du Luxembourg, Campus de Belval.

– Pourquoi ces messages bidon ?

Silence au bout du fil. Joao poursuivit.

– Je peux organiser une descente à l'unif, vous embarquer devant tous vos collègues et saisir votre ordinateur. Nous avons des spécialistes qui sauront le faire parler !

– Vous ne feriez pas ça !

La voix était cette fois moins assurée.

– Bien entendu, je vais le faire… si du moins vous n'êtes pas disposé à me dire tout ce que vous savez sur ce qui se passe dans ce foutu village !

Jean Thill hésita un moment. Il se savait coincé et finalement, il se lâcha, presque soulagé.

– Oui, c'est moi qui vous ai envoyé ces emails. Je devais vous faire connaître la vérité.

– Quelle vérité ?

– Ça va vous paraître idiot, mais j'aimais Tessy Hoffmann, c'était une fille fantastique, nous nous voyions souvent en cachette, car nos parents se détestaient. Quand on a retrouvé le corps, j'étais certain qu'ils l'avaient tuée. Eux… les Hoffmann… ces salauds. Je ne voulais pas qu'ils s'en sortent !

– Sauf que Tessy Hoffmann est bien vivante !

– Je sais. Je viens de l'apprendre. Elle m'a appelé… après tant d'années ! Je suis déçu. Elle aurait pu depuis longtemps me donner un signe de vie. Nous étions amis, du moins, je le croyais.

– Si ce n'était pas elle, qui reposait dans cette tombe sur le plateau de Blummenhaff, qui donc alors ?

– Aucune idée. Personne chez nous ne manque à l'appel.

– Le nom de Maurin vous dit quelque chose ?

– Non. Pourquoi ?

– À votre avis, de vos familles, qui était assez pervers pour assassiner cette fille ?

– Le père Hoffmann aurait pu. C'était un vrai salaud. Mais sinon, je ne vois pas.

On ne tirerait plus rien de ce Jean Thill. Il était un peu une victime collatérale de l'histoire. Un ancien copain, trompé, le fils d'une famille de magouilleurs, et pour son plus grand bonheur, voisin d'une autre famille de magouilleurs.

– Bien. Nous allons en rester là… mais je vous informe que j'ai mis un de nos experts sur ce coup. Si vous faites encore joujou avec vos emails, il vous tombera dessus et je ne donne pas cher de votre peau.

Joao raccrocha, laissant sans doute le professeur Thill quelque peu désabusé.

De l'autre côté du bureau, Wagner souriait.

– Alors, on dirait que notre petit génie a mis dans le mille !

– En effet, mais c'est une fausse piste et nous laissons tomber. Ce Jean Thill n'est pas un mauvais gars. Il a simplement eu la malchance de naître dans un environnement épouvantable.

À cet instant, le portable de Joao vibra sur le bureau. Calteux ! Si ses recherches au sujet d'Arsène Schmitt avaient levé un lièvre ce serait le Jackpot ! Pourtant Joao était partagé depuis le début. Il serait horrifié de découvrir que son mentor, le flic qui l'avait initié au métier, était un ripou, mais il ne pouvait pas non plus s'empêcher de penser qu'il y avait chez lui quelque chose de pas net. Quelque chose qui avait échappé au jeune flic qu'il était à l'époque.

– Tu as pu trouver quoi que ce soit de particulier au sujet de mon ex-collègue ?

– Le concernant, non. Rien. Arsène Schmitt était détenteur de l'honnête patrimoine d'un honnête fonctionnaire allant vers la fin de son honnête carrière.

– Flûte. D'un côté je suis soulagé.

– Ne le sois pas. Car, par contre, son épouse a vu gonfler ses comptes depuis 2015 de manière surprenante, au point d'investir substantiellement dans l'immobilier.

– Ils avaient une maison à Bonnevoie.

– Oui… et, au nom de sa femme, une villa en Espagne avec piscine et vue sur mer, un appartement à Montpelier et un autre à Bruxelles.

Joao, choqué, murmura un merci et raccrocha.

C'était donc ça. Arsène Schmitt ? Corrompu ? Comment un type comme lui a-t-il pu basculer ? Je lui faisais confiance, un modèle, un exemple pour moi. Salaud ! Je me retrouve aussi déçu que l'est Jean Thill au sujet de son ex-copine.

Mike l'interrompit dans ses amères réflexions.

– J'ai appelé Echternach au sujet de cette fille, Maurin. Ça va prendre du temps. Une usine d'Yves Rocher s'est installée à l'époque dans la zone industrielle et plein de Français ont débarqué.

– S'ils traînent des pieds, alors on peut essayer la CCSS, le registre de la sécu… et puis, merde, laisse tomber. Je voudrais retourner sur place. Il y a un truc qui m'ennuie.

– Tu es décidément incorrigible. Mais, ma foi, j'ai moi aussi envie de prendre l'air.

Ils descendirent par les escaliers. Joao, toujours troublé par ce qu'il avait appris sur Schmitt, réfléchissait à la marche à suivre.

Prévenir Steffy. Mais lui dire quoi ?

Mike faisait déjà vrombir son moteur devant la porte d'entrée.

– Alors, tu viens ?

Appeler Steffy, ce sera pour plus tard...

Mike Wagner remarqua le trouble de son ami. Comme souvent, il avait du mal à suivre le fil de ses pensées.

– Qu'est-ce qui te chiffonne avec notre squelette ?

Ah oui, le squelette... Maurin.

– Je ne sais pas. Je commence à douter que les habitants y soient pour quelque chose. Et pourtant, cette fille n'est pas là par hasard.

Arrivés à Echternach, ils se retrouvèrent bloqués au feu rouge derrière un camion.

– Dépose-moi ici, je dois passer au Cactus.

– Tu sais qu'on bosse, là ?

– Mon frigo est vide. J'en ai pour cinq minutes.

– Comme tu veux, je ne suis pas pressé.

À cette heure-là, il y avait peu de monde dans le supermarché. Joao se dirigea vers le rayon boisson, saisit une bouteille de Coca, une bière, puis un peu plus loin des pâtes, du pain, de la sauce tomate.

Sa mère insistait toujours pour qu'il mange des fruits, il se prit une pomme et des raisins, importés d'Afrique du Sud... bonjour le bilan carbone !

De retour sur le parking, Da Costa repéra Wagner arrêté un peu plus loin. Il chipotait sur son téléphone. Joao en profita pour s'isoler dans un coin. Le coup de fil qu'il avait à passer, il préférait l'éviter à Mike. Comment aurait-il réagi ?

– Salut Steffy, c'est Joao.

Elle répondit d'une voix basse.

– Je suis busy, qu'est-ce que tu veux ?

– J'ai un tuyau à te filer.

– Concernant notre « tueur de flics » ?

– Oui. Écoute-moi bien : tu devrais te renseigner pour savoir s'il n'existe pas un lien entre Amir Allouche et Arsène Schmitt.

– Amir Allouche ?

– Oui. Un des deux frères qu'Arsène Schmitt avait arrêtés... Il vient de sortir de taule, et Schmitt se fait descendre peu après. Bizarre non ?

– Une vengeance ?

– Je ne le pense pas. Du moins pas comme tu l'imagines. J'ai appris quelque chose au détour d'un vieil article de presse.

– Quoi donc ?

– Le butin du braquage des deux frères Allouche... il n'a jamais été retrouvé.

– Tu vois un lien ?

– Et comment ! Je voudrais savoir avec quoi la femme d'Arsène Schmitt a pu se payer une villa sur la Costa Brava, avec piscine et vue sur la mer, puis d'autres choses encore à Montpellier et à Bruxelles.

Weis resta sans voix.

– Tu es toujours là ?

– Euh... je, oui... Turini va tomber de sa chaise.

– Bon je te laisse le plaisir de lui lâcher ce scoop.

– Moi aussi j'avais une info pour toi. Tu cherches toujours à identifier ta momie ?

– Oui, pourquoi ?

– J'ai trouvé dans les archives des protocoles [1] quelque chose qui pourrait t'intéresser.

– Les PV ? J'y avais pas pensé.

– Le 15 avril 1986, la gendarmerie a fait un contrôle de vitesse sur la route de Blummenhaff. Ils ont coincé une dizaine de personnes, dont une Française née à Lyon.

– Son nom ?

– Moreau

– Maurin, m'avait dit une voisine. Moreau... Maurin. Ça colle. Son prénom ?

– Le bordereau est illisible. Un N ? Nicole ? Nadine ?

– Et au nom de qui était immatriculée cette voiture ?

– Ces données-là n'ont pas été conservées. Je n'ai que le paiement de l'amende. Une voiture luxembourgeoise sans doute, sinon, ils l'auraient noté.

– Je te revaudrai ça.

– J'y compte bien.

Joao retrouva Mike dans l'Audi.

– C'est bientôt fini ces cachotteries. Tu causais avec qui ?

– Sorry Mike. Je suis désolé. Je ne veux pas te perturber avec ça.

– Je parie que tu t'es encore mêlé de l'histoire d'Arsène Schmitt.

– On ne peut rien te cacher. Si tu veux tout savoir, je parlais avec Steffy Weis. Je pense que notre collègue Arsène n'était pas aussi net qu'il y paraissait.

– Merde alors !

---

[1] Procès-verbaux.

– Par contre, Steffy m'a filé une info : on tient sans doute le nom exact de notre victime. Une certaine Moreau.

– Oui, et on a aussi l'assassin. Grandidier.

Joao ne répondit pas,

Jean Grandidier ? Coupable ? Peut-être, mais quelles preuves ?

– Allons-y.

– Tu veux quand même retourner à Blummenhaff ?

– Oui.

– Pourquoi donc ? On perd notre temps... Tu connais bien l'article 2 ?

– Quoi, l'article 2 ?

Et Mike de réciter d'un air docte :

– « L'action publique, pour l'application de la peine, s'éteint par la mort du prévenu. » C'est la procédure pénale !

– Voilà au moins quelque chose que tu auras retenu de ton instruction ! OK, Jean Grandidier est mort...

Il se renfrogna.

– ...n'empêche. Avant d'aller annoncer ça au juge, je veux y retourner.

Joao Da Costa était têtu. Mike savait bien qu'il était inutile de protester.

– Bon d'accord, on y passe en vitesse. Je crois d'ailleurs qu'Anna y est encore. Mais après, on clôt le dossier et on part à la pêche.

– C'est ça...

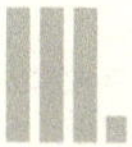

Les archéologues étaient toujours sur le terrain. Ils étaient occupés à démonter les tentes blanches tandis que d'autres entassaient des caisses dans une camionnette.

Anna Brückner se détacha du groupe et se dirigea vers les deux policiers.

Sans aucune gêne, elle embrassa Mike sur la bouche. D'une oreille distraite, Joao écoutait Mike discuter avec sa petite amie du jour.

– Vous partez ?

– Oui, on remballe. Vos collègues n'ont rien trouvé, alors nous récupérons ce que nous pouvons et on étudiera au calme toutes les pièces que nous avons récoltées. Ici, l'environnement est plutôt malsain.

– À qui le dis-tu !

– On se revoit bientôt comme prévu ?

– Of course ! Passe donc en ville, j'ai une chouette idée de sortie. Je dois te faire découvrir Luxembourg by night, tu ne trouveras pas de meilleur guide que moi !

Joao n'écoutait plus Mike faire son baratin. Quelque chose le chiffonnait et c'est cela qui l'avait ramené sur les lieux. Il sortit de sa poche la carte de Selma reçue la semaine précédente. Un timbre et un cachet de l'US Postage… un timbre et un cachet. Un cachet.

– Mike, tu m'attends ici, j'ai encore un truc à vérifier.

– Tu es incorrigible. On arrête tout, on a dit… La partie de pêche, tu te souviens ?

– Oui, j'en ai pour cinq minutes.

IV.

Jhemp Weiler accueillit Joao avec son habituel sourire.

– Ah, Moien monsieur.

– Moien Härr Weiler. J'aimerais encore vous parler.

– Rentrez donc, asseyez-vous.

– Merci.

La pièce sentait toujours le renfermé. Joao évita de poser les mains sur la nappe usée. Il tourna les yeux vers Jhemp.

– Je voulais vous demander…

L'homme renonça à s'asseoir.

– *Nondikass*, j'y pense… j'ai pas fermé là-bas la barrière des moutons. J'arrive de suite. Faites comme chez vous.

– Allez-y, je vous attends.

Jhemp parti, Joao se leva et fit un tour dans la pièce. Cela ne l'avait pas frappé à ce point lors de sa première visite : tout était vieillot ici, et sale. La nappe en toile cirée, l'évier, les fenêtres, le buffet de la cuisine où s'alignaient des assiettes ternies. Il y passa un doigt qui se retrouva souillé par la poussière.

Sur sa photo ensoleillée, l'épouse de Jhemp lui sourit. Joao décrocha l'une des cartes postales, puis une autre. La Guadeloupe, la Crête. Il examina le timbre, puis le cachet. Il était à peine lisible et pourtant cela confirma ce qui l'avait intrigué.

Jhemp n'était toujours pas revenu.

Da Costa ouvrit l'un des deux tiroirs du buffet. Un flic est curieux, c'est dans sa nature. Le tiroir contenait en vrac des factures d'Enovos, de la poste, une publicité pour les voyages Luxair, puis au milieu de tout ce fouillis, une carte d'identité française, toute racornie, le vieux modèle en papier cartonné. C'étaient les papiers d'une femme... Sur la photo elle devait avoir vingt ans à peine. On la voyait fixer l'objectif d'un regard absent. Il y avait aussi ce détail, ce détail minuscule. Une boucle qui brillait à son oreille droite... Maggy, de son vrai nom Marguerite Moreau, née à Montpellier en 1962.

Joao saisit son portable.

– *Mike, komm direct* ! *Ech hun eppes fonnt* ![1]

La porte claqua derrière lui.

Jhemp était là. Il ne souriait plus. Non. Et il brandissait une arme, un fusil à un coup, une antiquité, mais dont la gueule noire du canon fixait Joao d'un regard mortel.

– Tu n'aurais pas dû revenir, petit.

Le coup de feu partit. Joao perçut comme au ralenti le jet de flammes, de fumée, tandis qu'une détonation monstrueuse lui vrillait les tympans. Il fut projeté en arrière, puis il s'effondra contre le buffet.

Comment avait-il pu résister à un tel choc ? Il n'en savait rien, mais dans un réflexe, il sortit son Glock et tira au hasard dans le nuage de fumée bleue. Quand il recouvra ses esprits, la pièce était vide. Il était assis. Ses oreilles sifflaient atrocement, il avait la poitrine en feu et sa tête qui avait heurté le buffet semblait sur le point d'exploser.

Mike entra en trombe dans la pièce brandissant son SFP9.

---

[1] Viens vite, Mike ! J'ai trouvé quelque chose !

Horrifié en découvrant son collègue au sol, il se pencha sur lui et examina sa blessure... puis il se mit à rire en l'aidant à se relever.

– Le bonhomme s'est trompé de cartouche. C'est du gros sel pour les chats. Ton blouson en cuir est foutu.

– Où est passé Jhemp ?

– Je l'ai vu filer dans la vieille grange qui est au bout du terrain.

– Allons-y. J'ai peur qu'il ne fasse une autre connerie.

Cette grange était un bâtiment en tôle ondulée érigé non loin de la ferme. Une haute double porte en bois en fermait l'entrée. De sinistre augure, deux oiseaux noirs s'étaient perchés sur le toit.

Les policiers s'arrêtèrent à bonne distance. Par les nombreux espaces entre les tôles, Jhemp devait guetter leur approche,

– Appelle les USP [1], souffla Joao.

– C'est déjà fait, dès que j'ai entendu le coup de feu. On ferait mieux de reculer.

– Oui, recule, mais moi j'ai quelque chose à tenter.

Sans laisser le temps à Mike de réagir. Da Costa s'avança vers la grange.

– *Wat méchs du* ?[2]

À une vingtaine de mètres du bâtiment, le policier s'arrêta.

– Reviens, Joao ! Tu es dingue ?

Sourd aux appels de Mike, le jeune homme se contenta de faire un signe de la main invitant son collègue à

---

[1] Unités spéciales de la police luxembourgeoise.

[2] Qu'est-ce que tu fais ?

rester en arrière.

– Monsieur Weiler ? C'est Da Costa. Tout va bien. Je n'ai rien. Sortez. On va parler.

Pas de réponse, pourtant la porte de bois s'entrouvrit légèrement. Le vieux hésitait.

Joao tenta d'élever la voix, une douleur lui vrilla les côtes.

– Venez, Jhemp. Laissez donc cette arme. Ça ne sert à rien.

Pas de réponse. Mais une ombre se dessina dans l'entrebâillement.

– On peut discuter. Je veux simplement vous parler de Maggy, de Marguerite.

Cette allusion à ce tragique amour passé de Weiler, c'était peut-être le mot de trop. L'ombre se retira.

– Reviens, Joao !

Quelques secondes s'écoulèrent, puis un coup de feu retentit, déchirant l'air glacé. Les corbeaux freux posés sur le toit de la grange s'envolèrent et un silence de mort retomba sur le plateau.

– Merde ! Il s'est flingué.

Joao fut rejoint par Mike.

Les deux policiers retrouvèrent Jhemp dans la grange. Ce n'était pas beau à voir. Cette fois, il ne s'était pas trompé de cartouche. Il gisait contre la paroi, le visage ravagé, la tôle grise dégoulinant de sang et de cervelle.

Ils ressortirent dégoûtés.

Da Costa avait le souffle court.

– Préviens les flics d'Echternach. Il faut sécuriser tout ça. Puis on devra s'expliquer avec Araujo.

– Tu te sens bien ?

– Pas vraiment. Pour le physique ça va aller, mais je ne voulais pas que cela se termine ainsi.

– Tu es trop sentimental... et imprudent, il pouvait te tuer pour de bon. J'ai parfois du mal à te comprendre.

– Cela valait la peine d'essayer. J'aurais voulu l'avoir vivant...

V.

Un quart d'heure plus tard, le plateau grouillait de monde. Les flics d'Echternach, le docteur Moes, les pompiers du CGDIS, les archéologues, Faber avec son équipe des services techniques et bien entendu tous les habitants du hameau qui étaient subitement sortis de leurs trous.

Wagner et Da Costa assistaient maintenant en spectateurs à toute cette agitation.

Mike secoua la tête de dépit.

– On laisse le terrain aux curieux, mais je dois avouer que j'ai détesté cette affaire et que jusqu'à aujourd'hui, je n'y ai rien compris. Ce type avait l'air d'un brave gars. J'aurais soupçonné tous les autres, en particulier ces deux familles, les Thill et les Hoffmann. Ils étaient tellement désagréables et visiblement d'une richesse douteuse.

– Parfois c'est ce qu'on ne voit pas qui explique bien des choses. Les Hoffmann ont vendu pour plusieurs millions des terrains leur appartenant, mais en empochant de solides dessous de table. Quant aux Thill, à l'époque où les contrôles sanitaires étaient encore aléatoires, ils ont dû de temps à autre fourguer à des centrales d'achats de la viande « locale » achetée à bas prix dans les pays de l'Est. Chacune des deux familles était au courant des magouilles de l'autre et toutes deux n'avaient aucun intérêt à ce que ça se sache... Petit jeu du « je te tiens tu me tiens par la barbichette. » Mais ça n'a rien à voir avec notre histoire, et l'animosité qui règne dans ce village n'aura servi qu'à nous égarer.

– Mais alors, que s'est-il réellement passé ?

– Tous les vrais protagonistes de cette histoire ont disparu. Nous ne pouvons que faire des suppositions.

Joao reprit un moment son souffle, puis poursuivit.

– Marguerite Moreau, Maggy, était une fille sans famille, un peu instable, toujours à la recherche de nouveauté. En couple avec Jean Grandidier, elle croise en vacances Jean-Pierre Weiler. C'était à l'époque un garçon sympathique, plutôt bel homme. Je l'ai vu sur des photos de famille. Maggy s'est laissé séduire et a quitté Jean Grandidier pour venir s'installer ici. La vie dans cette ferme n'a pas dû lui plaire bien longtemps. Relancée jusqu'ici par Grandidier, elle a décidé de retourner avec lui à Grenoble. Elle voulait se barrer... Weiler ne l'aura pas laissée partir. Pour se couvrir, il a entretenu l'histoire d'une ex-femme courant de par le monde, alors que la pauvre gisait six pieds sous terre. Grandidier, lui, ignorant le drame, n'a cessé de pleurer cet amour perdu.

– On aurait dû plus s'intéresser à la femme de Jhemp.

– On n'a pas pensé à vérifier. En fait, il l'avait présentée comme sa femme, mais ils n'étaient probablement pas mariés. Je te parie qu'elle n'était pas même inscrite à la commune. Après l'avoir assassinée, il a dissimulé son absence pendant des années. La ferme est isolée et personne ne venait y mettre son nez. Puis, quand c'est devenu impossible à cacher, il a inventé cette histoire de voyages.

– Mais comment Jhemp a-t-il fait pour ces cartes postales récentes qu'il exhibait dans son salon ?

– Pas compliqué. Il devait commander sur eBay des cartes et des timbres exotiques, puis il se les envoyait.

Ainsi, depuis le facteur jusqu'aux voisins, tout le monde y croyait.

– Par la poste ?

– Il y a une boîte aux lettres dans le village. Les lettres sont ensuite traitées automatiquement au centre postal de Bettembourg. La machine n'y a vu que du feu, elle a oblitéré les cartes et elles lui sont revenues. C'est cela qui m'a mis la puce à l'oreille : le cachet sur la carte de Selma était celui de l'US Postage… sur celles de Jhemp, même s'il n'était pas très visible, c'était celui du Luxembourg !

– Il disait aussi que son ex le rappelait de temps à autre.

– C'était évidemment faux. Nous aurions pu vérifier.

Ils s'éloignèrent de la ferme. Cette même bise glaciale soufflait toujours sur le plateau.

Les mains dans les poches, Joao frissonnait, tandis que Mike continuait à s'interroger sur tous ces indices qui les avaient égarés.

– Merde ! Ces coups de fil de son ex, puis cette photo d'une femme en vacances qu'il t'avait montrée. Tout ça, c'était bidon !

– Personne, bien entendu, ne l'a jamais appelé. Quant à la photo, elle pouvait être celle de n'importe qui. Une illustration d'un magazine ou une image piquée sur Facebook. D'une certaine façon, j'aurais dû y penser dès le début.

– Pourquoi ?

– Il était différent de tous les adultes du village qui vivaient ici à l'époque du crime. Loin des préoccupations bassement matérielles des autres habitants, il dégageait une extrême mélancolie, c'était un cœur brisé. On ne tue pas que pour de sordides histoires d'argent... certains le font par amour.

Un filet de brume s'envola avec ses paroles.

– Tu as une bien étrange conception de l'amour !

– Moi non, mais Jhemp, en effet. Sauf que ce n'est certainement pas par amour qu'il aura aussi liquidé la vieille Irma Thill. Cette vilaine fouineuse risquait d'en savoir trop sur son histoire.

Joao prit appui contre un arbre, le souffle court. Ses côtes le faisaient souffrir.

– Tu veux voir un médecin ?

– Non, ça ira.

– Je te ramène chez toi ? Les collègues n'ont qu'à prendre le relais.

– Oui, merci Mike. Et pardonne-moi. J'ai été un peu perturbé ces derniers jours.

– Il faut te calmer Joao. Deux enquêtes en parallèle, c'est un peu beaucoup pour un type qui est incapable de décompresser. Il n'y a pas que le boulot dans la vie !

– Tu dois avoir raison. J'y penserai.

VI.

Une demi-heure plus tard. Joao remontait chez lui. Cassé. Il lui faudrait jeter ses vêtements déchiquetés, se doucher et enfin s'étaler une couche de crème à l'arnica sur la poitrine.

Alors qu'il sortait ses clés, il sentit une présence et releva la tête.

Appuyée contre le montant de la porte de son appartement, il y avait sa collègue Steffy Weis.

Décontractée, moulée dans son jean, sa veste ouverte sur un simple tee-shirt blanc, elle avait un look plutôt sexy. Joao remarqua aussi ses lèvres bien dessinées et ces petites taches de rousseur qu'elle avait sur le visage. Pour la première fois, il se dit qu'elle était jolie.

– Il est salement amoché ton blouson, lança Steffy.

– Les risques du métier... C'est gentil de me rendre visite.

– Je voulais te prévenir en personne.

– De quoi ? Turini s'est tiré au Kamchatka ?

– L'affaire Arsène Schmitt est close.

– Comment ça ?

– Le juge vient de recevoir une lettre de son notaire, une lettre qui était jointe à son testament. Arsène Schmitt voulait se confesser en cas de décès. Il avoue qu'il a laissé filer les frères Allouche en échange d'une part du butin. Il devait leur garder le reste pour leur sortie de prison. Schmitt ne l'a pas fait.

– ... Et il s'est fait descendre par Amir.

– On vient de l'arrêter. On a retrouvé chez lui un Zastava M88. La balistique le fera parler.

– Fin de l'histoire. Une vengeance, donc.

– Fin de l'histoire. Oui, une vengeance. Et ce sera la version officielle… Sans la mention du butin, bien entendu.

– Et la femme de Schmitt ?

– Aux abonnés absents. Elle est planquée dans sa villa en Espagne. On n'est pas près de la revoir. Elle n'a pas intérêt à remettre les pieds ici.

Joao regarda Steffy Weis. Il ne s'était pas trompé sur son compte. Elle ferait un bon flic. N'en déplaise à Mike, il aurait volontiers travaillé avec elle. Mais peut-être n'était-ce plus vraiment au travail auquel il pensait en cet instant.

– On ne va pas rester sur le palier ! Tu entres prendre un verre ? On va fêter ça.

– On ne parlera pas boulot ?

– Promis.

Elle lui fit un clin d'œil.

– Alors va pour un verre !

ÉPILOGUE

Deux mois après ces événements, je suis retourné à Blummenhaff.

Seul.

Le printemps donnait au village et à ses alentours un tout autre visage. Le soleil éclairait les façades dont le jaune se faisait presque joyeux. Les champs maintenant recouverts d'un tapis vert pâle annonçaient la belle saison. Le pays reprenait vie et offrirait bientôt le meilleur de lui-même.

Le chantier des archéologues était abandonné. Seules les traces d'un sol récemment retourné laissaient supposer qu'il s'était passé ici quelque chose. Quant à la tombe de Maggy, elle avait été recouverte de terre fraîche. En passant j'ai remarqué que quelqu'un y avait jeté une fleur. Mais qui ?

La ferme de Jean-Pierre Weiler a été vendue à un jeune couple. Ils comptent en faire un centre équestre avec des activités pour les gosses. J'espère qu'ils auront pensé à repeindre le mur de la grange.

Jhemp, enfin, le triste Jhemp, repose dans le cimetière d'Echternach, de même que les pauvres restes de Marguerite Moreau dont personne n'a réclamé le corps. J'ai donné de ma poche pour qu'on les enterre ensemble. Ils auront bien des choses à se raconter.

À PROPOS DE L'AUTEUR

Historien, scénariste et dessinateur de bandes dessinées, Pierre Decock s'est lancé en 2007 dans le roman policier et le thriller. Il remporte alors avec « Toccata » le prix des Lecteurs de la Grande Région. Peu après paraissent les premières aventures de Joao Da Costa, un jeune inspecteur luxembourgeois confronté dans « De profundis » à un insaisissable tueur en série. D'autres polars ont suivi, mêlant suspense, humour et mystère. La plupart ont pour cadre le Luxembourg, un pays que l'auteur connaît bien, puisqu'il y vit depuis plus de trente ans.

DANS LA MÊME COLLECTION

Pierre Decock, *Lea m'attendra*

Gaston Zangerlé, *La pègre et la boxeuse*

Didier Debord, *Il vous faudra vivre avec...*

Monique Feltgen, *Das Rousegäertchen-Komplott*

A paraître :

Gaston Zangerlé, *Le cadavre du Saut d'Acomat*
suivi de *Exécution à Trois-Rivières*

Werner Giesser, *Die Gutland-Morde*

www.ingramcontent.com/pod-product-compliance
Lightning Source LLC
LaVergne TN
LVHW041035150826
845672LV00001B/335